捕り物に姉が口を出してきます

神楽坂淳

ポプラ文庫

捕り物に姉が口を出してきます

神楽坂 淳

Kagurazaka Atsushi

1

芋の焼けるいい匂いがした。

秋になると、江戸の町はまず焼き芋の匂いである。木戸番《きどばん》がいっせいに焼き芋を焼いて生活費のたしにするからだ。

金のない勤番侍などは朝昼くらいは芋で過ごすことも多い。

だから木戸番は江戸の安全を守っているのか芋を売っているのかわからない様相だ。

涼風榊《すずかぜさかき》は金沢町《かなざわちよう》の木戸番に向かって歩いていた。

金沢町は神田明神《かんだみようじん》のすぐそばにあるから朝から人が多い。木戸番ともなると朝は子供たちでいっぱいである。

子供は七歳になると大半が寺子屋に押し込められてしまうから、六歳以下の子供たちだけが朝から遊んでいる。

木戸番は一文で買える番太郎菓子《ばんたろうがし》を売っていて、子供の小遣いでも買える。大人は焼き芋、子供は番太郎菓子というわけだ。

「親父さん、きなこ棒をください」

榊は、木戸番のおやじである函太郎《かんたろう》に向かって言うと、胸を張った。

「あいよ。なんだか今日は颯爽としてるねえ。ていうか前髪はどうしたんだい」

「落とした」

「じゃあ元服かい」

「そうです。今日から一人前です」

榊は胸を張った。昔と違って今の元服は簡単である。前髪を切り落としてしまえばそれで完了だ。

「今日から見習いになったんですよ。これで同心として給金がつきます」

「いくらだい」

「なんと年に三両ですよ。これでこの菓子を買うのに不自由はなくなりますね」

「菓子だけじゃなくて焼き芋も自由に買えるな」

函太郎は笑顔を見せた。

「二年間頑張った甲斐があったね」

「これも函太郎さんのおかげです」

榊は頭を下げた。

同心は、まずは無給の期間があって、その間に「見込みあり」となると見習いに出世する。

そうすると年に三両の給料がつき、さらに出世すると正式な同心になる。

榊は十三歳。見習いとしても異例の早さである。

事件の解決に格別の働きがあるとしての計らいであった。

「函太郎さんの情報がなければまだ無給ですよ」

「まあ、木戸番てのはいろいろ知ってるからな」

函太郎がにやりとする。

木戸番は、夜に木戸を出入りする人間のことは覚えている。そのうえ、向かいにかならず辻番があるから、番屋の情報にも詳しい。

そもそも番屋の人間が焼き芋を買いに来るから、木戸番は情報をよく知っているのだ。

函太郎からの情報で盗賊を捕縛するにいたることが多い。そのため、榊は「子供だけど切れ者」ということになっていた。

「これできなこ棒よりもう少し高いものを食べるのかね」

「いえ。朝はやはりこのきなこ棒が美味しいですよ」

言いながらかじる。きなこ棒というのは、黒砂糖ともち米を練ったものに黄粉をまぶした菓子だ。

もち米と黄粉の組み合わせは舌に優しい甘さで、朝食べるにはちょうどいい。四文銭で四本。

毎朝仕事の前に食べるのが習慣だった。

「変わったことはありましたか」

これも毎朝の習慣で聞く。木戸番は自身番の目の前にあるから、どんな事件が起こっているかの情報は入りやすい。

「ここ数日はなにもないね」

木戸番は番屋に住んでいるから、夜中に事件があってもなにかしら知っている。頼もしい情報源だった。

「しかしさ。見習いになったなら言葉遣いに気をつけなよ。丁寧すぎる。もっとぞんざいにしゃべるようにしないと駄目だよ」

「しかし、目上のひとにぞんざいなのはよくないでしょう」

「いや、駄目だ。同心てのは乱暴にしゃべるのが決まりだからな。函太郎さんて言うのももうやめな。おう、函太郎。これで行こう」

「努力はします」

「いまやってみな。練習だ」

函太郎は真面目な顔をしている。たしかに同心はぞんざいにしゃべる。榊も身に付ける必要があった。

「おう。函太郎」

言ってみたが、声がいかにも頼りない。

「なれるまでがんばるといいさ。江戸を守るんだからそれがいいよ。自分のことも俺って言うようにするといい」

「わかりました」

「わかった。だって」

「わかった」

昨日まで丁寧にしゃべっていたのを、いきなりぞんざいになるのは難しい。言葉が乱れそうだった。

「おはよう」

後ろから声がした。

振り返ると、幼馴染の夏原蛍《なつはらほたる》がいた。蛍は、榊の父親小一郎《こいちろう》の同僚の娘である。

榊と同じ十三歳だが、榊よりは随分大人びて見える。

ずっと一緒に過ごしている榊から見ても、最近は綺麗になってきている。並んで歩くと少々気恥ずかしいときもあった。

「おはよう。蛍」

「あら、前髪がなくなってる」

蛍が無遠慮に右手をのばしてきた。

「むやみにさわらないでください」

「なんで?」

「もう大人だから」

「へえ」

蛍が面白い、という声を出した。

「じゃあ大人っぽくしゃべってみて。同心らしく」

たしかに普段のしゃべり方はまるで同心らしくない。函太郎の言う通りしゃべり方から変える必要がありそうだった。

「俺は今日から正式な同心見習いなんだ。一人前になった男をむやみにさわるもんじゃねえぜ」

「あら、かっこいいわね」

蛍がくすくすと笑った。たしかに、前髪を落としたからといって榊が変わるわけでもない。気持ちの問題程度のことだ。

少し調子にのりすぎたかもしれない。

「かっこいいわよ。その方がずっと」

「いきなりおかしなこと言うなよ」

「ほめてほしそうな顔してたからね」

蛍はそう言うと、函太郎の方を見た。

「微塵棒《みじんぼう》ください」

「あいよ」

蛍は、渡された微塵棒を口にいれると、榊の方をじっと見る。

「もうお別れなの？」

蛍はすこし大人びた笑いを浮かべた。

「そんなことはないよ」

榊が返す。

蛍は同心の夏原伊織《いおり》の娘だ。榊と同じ十三歳だが、同じ木戸番で毎朝菓子を買っている。

なので毎朝なんとなく顔を合わせていた。

どこで習ってくるのか知らないが、蛍は物知りで話していると榊の方が勉強になることが多い。

「奉行所に行く前に、ここによることに変わりはない」

「そう。まあ、わたしは榊が来なくてもいいけど」

にっこりと笑った顔には悪意はまるでない。

「寂しいくらい言ったらどうなんだ」

「すごくさみしいわ」

なんの感情もこもらない声で蛍が言う。

「やれやれ」

榊が肩をすくめた時、また新しい声がした。

「おはよう。榊さん」

「おはよう。榊にい」

神田明神裏の長屋に住む子供たちである。男の子が粟太《あわた》。女の子は小麦《こむぎ》である。

長屋には何人かの子供がいるが、この二人が一番榊と親しい。二人とも六歳で、寺子屋にはすこし早い年齢だ。

「微塵棒すこし欲しい。蛍ねえ」

「はいはい」

蛍が微塵棒を一本小麦に渡す。微塵棒は一文で二本買えるから、分けやすい。きなこ棒の方は一本で一文と少々高かった。

「あ。前髪がない」

小麦が目ざとく見つけた。

「今日からちゃんとした同心見習いになったんだ」

「おめでとう。あ。でもそうするともうここに来ないの？　そうだと寂しいな」

「大丈夫。ちゃんと来るよ」

小麦は素直に寂しいと思うらしい。

「よかったわね。寂しいって言ってもらえて」

蛍が笑いを含んだ声で言う。

言い返そうと思ったが、そろそろ時間が迫ってきていた。奉行所に行く時間である。

「奉行所に行くかな」

三人に別れをつげることにする。

その時。

「お風呂に入っていかないの。女湯に」

不意に後ろから声がした。

「背中流してあげるわよ」

「いきなりなにを言うんだ。姉さん」

後ろから声をかけたのは、姉の花織《かおり》である。隣には姉の親友の小町屋紅子《こまちやべにこ》も立っていた。

「今日は弟がやっと見習いになれた日だからお祝いに来たのよ。背中くらい流してあげるわ」

同心は、奉行所に行く前に女湯に入る習慣がある。一つには男湯の噂話を女湯で聞くということもある。

だから女湯には同心用の刀掛けもあった。

「おはようございます。花織さん」

「おはよう。蛍ちゃん」

花織は満面の笑みで蛍に挨拶した。

榊は、花織に言い返す。

「普通に男湯に入るよ。同心が女湯に入ることは評判が悪いから、そろそろ同心も男湯に入るべきだって遠山《とおやま》様がおっしゃっていたよ」

南町奉行遠山金四郎《きんしろう》は、与力同心の評判を落としているとして、入るなら男湯に入れと言っていた。

同心が銭湯に入る時は、小者《こもの》が荷物一式を持って銭湯の前に立って出てくるのを待っている。

だから同心が入ってる間、男湯は噂話をやめてしまうのだ。なので女湯に入る意味は全くないと言えた。

「確かに同心が女湯に入ってくるのは気分が悪いわね」

花織も頷く。

「だろう。だから男湯に入るよ」

「でも榊はいいじゃない。弟なんだから」

「紅子さんは俺の姉じゃないだろう」

「あら、照れてるの?」

紅子が嬉しそうに言った。

「そんなこと言われると私も恥ずかしい。でも君なら特別にはいいわよ」

「俺だって男なんですよ。いつ危ない存在にならないとも限らない」

「なって」

紅子が真顔で返す。

「まあ、昨日わたしが男にしてあげたからね」

「妙な言い方しないでください。前髪を落としてもらっただけじゃないですか」

この二人に何を言ってもだめだ。

榊はとりあえず仕事の方に意識を向けることにした。


「すいません。遅れました。涼風榊さんですね」

朗らかな声がした。

「今日からお世話になります。小者の佐助《さすけ》です」

「小者？」

榊は思わず聞き返した。

「ええ。榊様にお仕えするように言われました」

「待ってください。それはないでしょう」

榊はたしかに同心見習いになったが、給料は年三両だ。小者を雇うとなったら年に四両から五両はかかる。とても雇えるものではない。

身分というなら榊自身が小者の扱いなのだ。自分が小者を雇うなどということは考えられないし、もちろん手配もしていない。

「誰が手配したんですか」

「わたし」

花織がどうだ、という顔をした。

「雇えませんよ。なんでそんなしてやったりという顔になってるんですか」

「小者がいないとうまく仕事ができないでしょ。お金なら稼ぎなさい。同心なんだからあちこちから付け届けをもらえばいいじゃない」

「こんな子供につけ届けを渡す人なんかいませんよ」

「それは榊が同心らしくないからでしょ。何よその言葉遣い。もっと偉そうにしゃべりなさい」

「姉にぞんざいにしゃべれるわけないでしょう」

「しゃべりなさい。もっと上から偉そうに」

「しかし」

「しかしはなし。わたしもなし」

どうやらどうあっても俺と言わなければならないようだった。

「それにしても、子供の小者は嫌だろう」

佐助の方を見ると、佐助は微笑んだ。

「年齢は気にしませんよ。旦那であればそれでいいんです」

佐助は、よく見なくてもわかるほど顔立ちが整っている。どちらかというと人相が悪いことが多い小者とは思えない。もう少ししっかりした仕事をするか、いっそ役者でもやっていた方が似合いそうだ。

「姉さんも姉さんです。どう考えても小者を雇うには早すぎるでしょう」

「それが早すぎないのよ。そのうちわかるわ」

「何がわかるんですか」

「違うでしょ。何がわかるんでえ。て言いなさい」

笑いながら花織は去っていこうとした。

「待って」

紅子が佐助の前に立った。懐から一両を出す。

「これで榊を男にしてあげて。色じゃないわ。事件でね」

「こんな大金もらえないですよ」

佐助があわてて辞退する。

「大金じゃないわ」

紅子が真顔で言う。

「榊の将来を買うお金なんだから。大金じゃない」

きっぱりと言われて、佐助が苦笑する。

「ではいただきます」

「悪い意味で男にしちゃ駄目よ」

そう言うと、紅子と花織はとともに去っていった。

「助かった」

「どのようなご関係で」

「姉と、その親友なんです」

「二人とも、とてもお綺麗ですね」

「中身は男勝りですけどね」

「ところで榊様。その丁寧な言葉遣いをやめていただけますか」

「なぜ？」

「私が威張ってるみたいで小者としての仕事に差し支えます。あいつはろくでなしと噂を立てられるので、なるべくぞんざいにしゃべってください。佐助さんは駄目です。おう、佐助。これでよろしくお願いします」

「お、おう。佐助」

「その調子ですよ」

佐助は柔和な笑顔を榊に向けた。

「なかなか大変だな。同心て」

「江戸の庶民を守るんですから、大変に決まってますよ」

「今日からやっと半人前なんだけどね」

「大丈夫。すぐに一人前になりますよ」

佐助はそう言うとくすりと笑った。

「ではまず銭湯に行きますか？」

★

榊が男湯に入ると、銭湯の中が一瞬静まった。全員が榊の方を見つめている。

「なんですか？　みなさんそういう趣味なんですか？」

銭湯の中には八人の男が入っていた。一仕事終えたらしいのが半分、これから仕事に行くのが半分というところだ。

仕事を終えた組はもう酒が入っていて、顔が赤い。これから仕事に行く組は顔も疲れていないし、酒も飲んでいない。

「お前、同心なのか。小僧」

「同心ですが小僧ではありません。涼風榊といいます」

「歳は？」

「十三歳です」

「子供じゃねえか」

「でも同心ですよ」

榊が言い返すと、男たちは気が抜けた顔をした。

「まあ、お前を警戒しても仕方がない。好きに風呂に入るといいさ」

男たちもてんでに体を洗い始める。榊はなんとなくその様子を見ていた。そのうちあることに気がついて、一人の男に声をかけた。

「その怪我はなんですか」

背中に微かに切り傷がある。だが、ただの切り傷ではない。明らかに刀で斬られた傷であった。

しかも古い傷ではない。まだ治りきらずにかさぶたになっている。

「ちょっと擦りむいたんだ」

「それは刀傷でしょう。それもちゃんとした刀で斬られた傷ですよね」

「同心なんかに口を出される謂れはねえよ」

「口は出しませんが、もし事件に巻き込まれているなら、殺される前に相談してくれた方が助かります」

「でもお前子供だろ」

「同心と言ってるでしょう」

榊がきっぱりと言うと、男は迷ったような表情になった。こういう表情をする時は背中を押して欲しいことが多いのだ。

子供たちがどの菓子を買うか相談している時によくそういう表情になる。こういう時はこちらが決めつけてはだめだ。

子供でも大人でも心の動きはそう変わるものではない。むしろ大人にこそ子供に対するように細かく接した方がいい。

「ではこうしましょう。話を聞いてもすぐに忘れます。あなたの名前も聞きません。あなたのために指一本動かしません。それでどうですか」

「おいおい。それはいくらなんでも冷たいだろう」

「でも相談をしたくないんでしょう」

「したくないなんて言ってねえよ。どうか相談してくださいって言われたら、俺だって相談しないわけじゃない」

「どうか相談してください」

榊が頭を下げると、男は満足したような顔になった。

「じゃあここの二階で相談してやるよ」


銭湯の二階は庶民の遊び場だ。将棋も囲碁も置いてあるし、銭湯によっては花札まである。

酒を飲むこともできるし、寿司や蕎麦の出前を頼むこともできた。

十人ほどの男たちがたむろしてくつろいでいた。

「佐助、わたしは少し遅れると報告してくれ。そうしたらここに戻ってきてほしい」

「わかりました」

佐助はそう言うとでかけていった。

「どこまで使いを出したんだ」

「南町奉行所ですよ」

「ここから結構あるな。というかお前、なんでこんな朝っぱらに八丁堀《はっちょうぼり》から神田明神まで来てやがるんだ」

「金沢町の木戸番の菓子が好きだからですよ」

「なんでえ。番太郎菓子のためかよ。まったくガキだな」

男は悪態をつきながら、榊に少し心を許したようだった。

「俺は草太郎《そうたろう》っていうんだ。神田明神裏で鍛冶《かじ》をやってる」

「刀鍛冶ですか」

「そんな物騒なものは打たねぇ。刀鍛冶っていうのは他の鍛冶屋とは少し違う。他のものを打っていたとしても刀鍛冶の気概ってもんがあるのさ。俺は鍛冶屋の気概はあるが刀鍛冶のそれはねえな」

「それではなぜ刀で斬られたのですか」

「それが変な仕事でよ。なんだか気味が悪いから断ったんだ」

「何です」

「どんな錠前にも通用する鍵を打ってくれって言うんだ。なんでも家にたくさん錠前を取り付けたいんだが、鍵をジャラジャラさせたくないらしい」

「それは変わってますね」

「変わってるというか、そんな鍵が欲しいのは盗賊だけだ。だから俺はそんな鍵を作るわけにはいかないって断ったんだよ」

「断るというのは、作れるということですか」

「ああ。作れるやつは少ないけどな。俺は作れる」

「そして断ったら斬られたというわけですか」

「おうよ」

「この話は少しおかしいですね」

榊が言うと、草太郎は怒った顔になった。

「俺が嘘ついてるって言うのか」

「違いますよ。草太郎さんが生きてることがおかしいと言ってるんです」

「どういうことだ」

「背中の切り傷からすると、犯人はなかなか腕が立つ。殺そうと思えば簡単に首を切り落とすことができたでしょう」

「嫌なこと言うなよ」

草太郎が首に手を当てた。

「それが生きてるということは、言うことを聞かなければ今度は本当に斬り殺すという警告でしょう。その後手紙が来たり使いが来たりしなかったですか」

「ねえな」

「ではこれから来るのではないでしょうか」

榊に言われて、草太郎は腕組みをした。

草太郎と一緒に風呂に入っていた男が割りこんできた。

「おい。草の字。ここはひとつ、この小僧に頼もうよ」

「榊です」

「榊……さんにお願いしようよ。あ、俺は貧乏金貸しの久《ひさ》って言うんだ」

「貧乏金貸しって何ですか」

「貧乏な金貸しって意味だよ」

「それは分かりますが意味が分かりません」

久は、やれやれというように肩をすくめた。

「全く子供っていうのは世の中を知らねえな。いいか、行商人が朝に商品を仕入れるには金がいるだろう。だから、朝その金を貸してやってな、夕方に一割の利息をいただくのさ。烏《からす》がかあ、と鳴いて一割だから烏金《からすがね》って言うんだ」

「それは高すぎないですか」

「何言ってるんだ。朝七百文貸すだろう。夕方七十文のせて返ってくる。俺の利益は客一人に対して七十文だ。どこが高いんだ」

大工の手間賃が一日に五百五十文ほどだ。そう考えると確かに七十文はけっして高くはない。

「俺は客の少ない金貸しだから貧乏金貸しっていうんだ。覚えとけ」

自慢だかなんだかわからないが、とりあえず悪い人間ではなさそうだった。

「久さんは何か知ってるんですか」

「事情は知らねえが斬られたところは見たよ」

「奉行所に届けたのですか」

「こんな小さな事件でいちいちお上の手をわずらわせるわけにもいかねえだろう。自分たちで解決しようと思ってたんだよ」

これは単なる揉め事ではない。草太郎たちが思っているよりもずっと大きな事件が隠れているような気がした。

少なくとも盗賊は間違いなく絡んでいる。榊の見るところ、短期間で連続して盗みを働くつもりなのではないだろうか。

だからこそ、どんな錠前にも使える鍵が欲しいのだろう。

「草太郎さんが万能の鍵を作れるというのは有名な事なのですか」

「いや、知ってる奴はほとんどいないな。俺も喋らないようにしている」

「では、犯人はどうやってそれを知ったのでしょう」

「確かにそいつは不思議だなあ。考えたことがなかった」

「酒を飲んでいて、口を滑らせたことはないのですか」

「あるとしたらそれだが、いつなのか全然わからねえな。なんせ飲んじまったらもう何もわからないだろう」

草太郎が言うと、周りの男たちも笑った。

榊は酒を飲まないので全く分からないが、どうやらそういうものらしい。だとすると手がかりをつかむのは少々大変かもしれない。

考えていると、佐助が戻ってきた。

「早いな」

榊は思わず声をあげた。神田明神から南町奉行所まで片道大体四半刻というあたりである。だから戻るまで半刻はかかる。

それなのに、佐助は半分とは言わないが、それに近い時間で戻ってきた。いくらなんでも足が速すぎる。

「足が速いのが取り柄なんですよ」

言いながら、佐助は桔梗屋《ききようや》の羊羹《ようかん》を取り出した。

「これを買ってきました。よければ皆さんもどうぞ」

桔梗屋は日本橋にある菓子屋だ。この店の羊羹を持っているからには奉行所まで確かに行ったのだろう。

「おいおい、桔梗屋の羊羹じゃないか。いくらなんでもおごりすぎだろう」

草太郎が舌なめずりをした。桔梗屋というのは、伊賀に本店のある菓子屋だ。羊羹というのは京都が本場だ。伊賀は京都の水瓶ということで関係が深い。

桔梗屋は京都にも負けない菓子を作るということで江戸でも評判だった。

ただしそこらの店よりも格段に高い。特に変わり羊羹と言われるものはなかなか食べる機会がないのである。

そもそも作る前から全部売れてしまうものも多いのだ。金を持って店に行ったとしても買えるとは限らない。

「桔梗屋に何かってでもあるのかい」

思わず聞くと、佐助はにやりとした。

「大久保に住んでいると色々とつてができるんですよ」

大久保と言われて榊はぴんとくるものがあった。大久保は伊賀者の町である。伊賀出身の桔梗屋と何らかの繋がりがあるのだろう。

「佐助も大久保出身なのか？」

「違いますが、関係は深いんですよ」

もし伊賀と関係があるなら、ただの小者というわけでもないだろう。偶然榊のところにきたにしては出来すぎている気がした。

「細かいことはともかく、食べましょう」

佐助が羊羹を取り出した。

ただの羊羹ではない。半分黒いが、半分は柿色だ。

「忍び羊羹て言うんですよ。なかなか買えないんです」

佐助が嬉しそうに言った。

どうやら、柿で作った餡を使っているらしい。柿の甘味というのは砂糖とはまた違った甘味がある。

小豆《あずき》の甘味と比べるとややねっとりした印象の甘味である。小豆が舌の上をさらりと渡っていくような甘味なら、柿は舌を絡め取るような甘味である。だから桔梗屋の羊羹はさらりと舌を絡め取る不思議な味だった。

だが癖になる味だ。

「こいつはうまいな。でもちょっと不幸になった」

草太郎が顔をしかめた。

「こんなに美味しいのに？」

「今まで食べた菓子がまずくなっちまうじゃないか」

「それはそれです……それはそれだろう」

まだぞんざいな口調に慣れないから、気を抜くと敬語になってしまう。なるべく偉そうに喋らないといけないのだが、どうにも恥ずかしい。

佐助は、ちらりとあたりを見回した。

なにか思うところがあったのだろう。声をかけてきた。

「なにかあったんですね」

佐助が他人を安心させるような笑顔をみなに向けた。

「こちらの草太郎さんが刀で襲われたらしい」

「それは大きな事件ですね。もう番屋には届けたのですか」

佐助は全く驚いた様子を見せない。どうも事件に慣れている様子だ。

「番屋は嫌いなんだ」

草太郎はそう言いながら下を向いた。どうやらあまり真面目に生きてきたわけではないらしい。

番屋が特別好き、という人間も少ないが、特別嫌いという人間も多くはない。大抵の番屋は隠居老人が碁を打っているくらいの気安い場所だからだ。

長屋の住人にとっては、番屋よりも大家の方がよほど怖い。働き具合から人付き合いまで大家がガッチリと管理しているからだ。

「大家といえば親も同然、とは言うが、大抵の場合、大家よりもうるさい親はいないと言っていい」

仕事を三日もサボればすぐに大家から説教が入る。結婚も大家の許可がなければできないし、引っ越しすら大家のゆるしがいる。

町奉行よりよほど住人の首根っこをつかまえていた。

「大家さんにはなんと言っているのですか」

榊が聞くと、草太郎は首を横に振った。

「大家にも言ってねえよ。根掘り葉掘り聞かれて大変だから」

「それではもう一度襲ってくれと言っているようなものでしょう」

「だからこうやってみんなに相談してるんじゃねえか」

「それじゃあ解決しないですよ」

「じゃあどうするんでえ」

「ここはまさに同心の出番でしょう」

榊は胸を張った。

「しかしお前子供だろう」

「昨日元服しました」

榊が言うと、草太郎たちが噴き出した。

「昨日ってなんだよ。まだ子供じゃねえか」

「もう一人前です」

金貸しの久が、思いついたように手を叩いた。

「って言うことはさ、あんたまだ手柄を立てたことがないんだろう」

「それはそうです」

榊は答えた。同心見習いと言っても、無給の間は単なる下働きだから手柄を立てることはできない。

給金のついた見習いになると、捕物の時に「御用だ」と叫ぶこともできる。あの掛け声は、小者や見習い同心の仕事だ。

同心や岡っ引きは犯人を捕まえるのに忙しいから、掛け声は周りがかけるのである。

何よりも、見習いは犯人を捕まえることもできる。まさにいっぱしの働きができるようになったというわけだ。

「今日から見習いですから、手柄を立てるにはまだ早いです」

「じゃあ俺たちがひと肌脱いでやるよ」

久は楽しそうに言った。

「どういうことですか」

「草太郎の事件を解決すれば、あんたは初手柄。俺たちも助かる。みんないいことずくめじゃねえか」

確かにそれはその通りだ。もちろん手柄は関係なく、榊としてはみなのために仕事はするつもりだ。

「待ってくださ い、皆さん」

佐助が割って入った。

「なんだよ。文句でもあるのかよ」

「ありませんけど、同心一人で解決に乗り出すのも無茶です。ここはひとつ、岡っ引きを呼びましょう」

「岡っ引き」

榊は思わず佐助を見た。

見習いにとって、岡っ引きを従えるというのは憧れである。腕のいい同心は、腕のいい岡っ引きに囲まれている。

どの同心に仕えるかは岡っ引きの意思だ。だから手柄を立てられない同心のところには岡っ引きが集まらない。そしてますます手柄が立てられなくなる。

「見習いのところにやってきてくれる岡っ引きなどいるのだろうか」

「お任せください。ただ少々癖のある男なので、榊様の器量次第というわけです」

「分かった」

「ではあとでひき合わせますので、とりあえず事情を聴きましょう」

「そうだな。草太郎さん、事情を話してください」

「わかった。でもその前に一つお願いがありやす」

「何ですか」

「もう少し横柄にしゃべってくだせえ。雰囲気が出やせんぜ。こっちも旦那って呼びやすから。榊の旦那」

「お、おう」

榊は思わず口ごもった。確かに、町人から見れば榊は「旦那」である。もう少し上からしゃべるのが礼儀というものだ。

「じゃあ、事情を説明すると良い。まず、錠前を頼まれたのはいつのことだ」

「今から十日くらい前のことですね」

「どんな男だった」

「歳は三十くらい。言葉になまりはなかったから江戸のもんでしょうかね。体に模様もなさそうでした」

「気質《かたぎ》ってことか」

「いや。ちょっと雰囲気が崩れてたから、もしかしたら無宿人かもしれねえ。どこに住んでるかも言いやせんでしたからね」

「名前は」

「名乗りやせんでした」

「そいつは確かに怪しいな」

名前を名乗らないのは自分が怪しいと言っているようなものだ。たいていは、「上野の健三」や、「黒門町の七助」というように、住んでいる場所と合わせて名乗る。名乗らずに仕事を頼むからには、訳あり以外にない。金は弾むから、内緒でよろしくお願いします。ということだ。

どうやら、犯人の手がかりが転がり込んで来そうな事件である。これは見習い初日からついてると言えるだろう。

「ではあとで改めてやってくるから、おまえたちの住んでいる場所を言うといい」

「俺は助六長屋の草太郎です」

「金貸し長屋の久ですよ」

「なかなか粋な名前だな。助六長屋ってのは」

「上がった、つまりお手上げの奴と、負けた奴しか住んでないから、揚げと巻きで助六長屋なんです」

「それはとんだ揚巻《あげまき》だな」

榊は思わず溜息をついた。

歌舞伎《かぶき》の『曽我十郎五郎物語《そがじゅうろうごろうものがたり》』に揚巻という遊女が出てくる。主役の花川戸助《はなかわどのすけ》六《ろく》が転がり込んだ先である。

油揚げと海苔巻きだから稲荷と巻物で助六寿司。というわけだが、助六長屋の例えは少々ひどい。

「そっちの金貸し長屋ってなんだ」

「名前の通り貧乏金貸しが何人も住んでやす」

ひどい長屋だ、とも思ったが、余計なことを考えるのはやめよう、と決めて風呂屋から出た。

「遅いわね」

花織が、銭湯の入口で待っていた。

「なんの用事ですか」

思わず身構える。

花織はふふん、という顔をすると、榊の腰を指さした。

「やっぱり。やるんじゃないかと思っていたのよね」

「どこかおかしいですか?」

「おかしいわよ。その刀の差し方は何?」

花織に言われてはっとする。

今までと同じように、大小二本を腰に差していた。これは同心の差し方ではない。同心は脇差は腰に差すが、大刀は腰の真後ろにかんぬきをかけるように差す。かんぬきと言われる同心独特の差し方である。

これで町奉行の同心というのが一目でわかる。

「前髪を落としたばかりでは刀にまで気が回らないと思って、わざわざ待っていてあげたのよ」

「ありがとうございます」

榊は思わず頭を下げた。見習いになった初日に刀の差し方を間違えるなど、いい恥さらしである。

「じゃあしっかり頑張って」

それだけ言うと、花織はさっさと去っていった。

いい姉なのは間違いない。

その前にとりあえず木戸番の函太郎のところに足を運ぶことにした。もしかしたらなにか知っているかもしれない。

木戸番に戻ると、蛍が待っていた。

「おかえり」

「待ってたのか。待たなくてもいいのに」

「待ってたわけじゃないわよ。世間話をしていたの」

蛍が横を向いた。

「榊こそ、戻ってこなくてもいいのに」

「函太郎さんにたずねたいことがあったんだよ」

そう言うと、榊は函太郎の方に目をやった。

「函太郎さんは、草太郎さんって知ってますか」

「雨乞《あまご》い長屋の草太郎かい」

「雨乞い長屋ってなんですか」

「それとして丁寧な言葉を使うのはやめなよ」

「すいません」

榊は、咳払いすると、改めて函太郎に尋ねた。

「雨乞い長屋っていうのはなんでえ」

まるで芝居をしているようで気恥ずかしいが、慣れるしかない。

「あそこの連中はみんな仕事が嫌いで、いつも雨降れって言ってるから雨乞い長屋なんだよ」

庶民の仕事は雨が降るとだめになるものが多い。だから大概の人間は雨が嫌いである。長屋がみんな雨待ちとは珍しい。

「それで草太郎がどうしたんだい」

「刀で斬られたらしいんだけど奉行所が嫌だって言ってるんだ。大家にも話したくないってごねてるんだよ」

「そいつはきっと仲間割れだね」

函太郎が物知り顔で言った。

「斬ったやつをかばっているのか」

「まあ、仲間のためを思っているのか自分のためかは知らないけどね」

「仲間のためではないのか」

「迂闊に訴えたら、自分までお縄になるかもしれないから」

それから函太郎は腕組みをした。

「しかし刀とは穏やかじゃないな。なんの仲間割れだ。盗賊か」

「どうだろう。頼まれた仕事を断ったら斬られたって言っていたから、仲間割れと決まったわけではないと思う」

「どうだろうね」

函太郎が異を唱えた。

「盗賊というのは関係ない人に斬りかかったりするものじゃないよ。草太郎が襲われたって言うなら、きっと仲間だったんだろう」

「なるほど。函太郎さんは盗賊に詳しいね」

「長く木戸番をやってるからね」

だとすると、草太郎は嘘をついているということになる。そうは言っても、盗賊の仲間割れなんですと榊に相談することもできないだろう。

このことは胸にしまって何食わぬ顔で草太郎の相談に乗ることにした。

「ありがとう。助かった」

「草太郎のことはこっちで調べるから、そちらで何か動きがあったらどんな小さいことでも教えてくれよ」

「わかった。何でも教えるよ」

函太郎が味方についてくれるのは頼もしかった。

なにはともあれ、奉行所に向かうことにした。朝の時間はもうすぐだった。

今日からがんばろう。

そう思いつつ、榊は奉行所に向かったのであった。

★

南町奉行所の同心は、北町奉行所に比べると、少しだけ優遇されている。

まず南町奉行所の方が少し敷地が広い。

南町も北町も捜査範囲は同じである。それでも相談に乗る範囲は少々違っていた。

南町は日本橋《にほんばし》周辺、北町は木場《きば》周辺である。

だから、商人からの付け届けは南町の方がやや多い。

なので南町の方が少しだけ裕福であった。同心は給料が安い。最近は少し値上がりしたとは言っても年に十五両といったところだ。

生活できないことはないが、懐は苦しい。同心の生活は、給料よりも付け届けで成り立っているといってもいい。

日本橋に縄張りのある南町奉行所の同心は、少し羨ましがられる存在ではある。

と言ってもまだ見習いの榊には関係なさそうだった。

奉行所の前につくと、門の前は人がいなくなっていた。

中に入れるのは正式な与力と同心だけである。小者は門の前で待っていることになる。岡っ引きも、同心に用事がある場合は奉行所の前にいる。同心は表向き世襲禁止だから、見習いは小者扱いだ。同心の後ろを小者と一緒について回るのが仕事である。

今日はもう、本役の同心は見回りに出てしまっていていなかった。見習いの都合に合わせてくれる同心などいるはずもない。

「まあ、それはそれで好都合です」

佐助が嬉しそうに言った。

奉行所の前に、一人の男が立っていた。岡っ引きだと、ぴんとくる。岡っ引きは大体剣呑《けんのん》な雰囲気をまとっている。

事件を解決すると言っても、元々裏社会の人間が岡っ引きになる場合が多い。そのため雰囲気は裏社会の人間の方にずっと近い。

男は榊の方に近寄ってくると頭を下げた。

「初めまして。十五夜《じゅうごや》の秀《ひで》といいます」

十五夜というのは殺し屋の隠語だ。五《ご》と六《ろ》と四《し》で十五だから十五夜。つまり、元殺し屋の岡っ引きということだ。

いくら岡っ引きが裏社会の人間だといっても行き過ぎだろう。それによく考えたら、小者扱いの榊に岡っ引きがつくのもおかしい。

「何か訳ありなのかい」

榊は思わず尋ねた。

「名乗っただけでそう思うんですか」

秀がじろり、と榊を睨む。

「そもそも見習い同心のわたしに岡っ引きがつくのがおかしい。なにか理由があって、形上同心が必要だということではないですか？　本役の同心では都合が悪いことがあるのではないかと思います」

榊が言うと、秀がくすりと笑った。

今までと違う少々子供っぽい笑い方だ。だが、かえって迫力を感じさせる笑みでもあった。

「すこし、手伝って欲しいことがあるんですよ」

「なんですか」

「たとえば殺しとか」

一瞬どう反応しようか迷う。この言葉は本気ではない。もし本気なら、いい顔をして榊をうまく利用しようとするだろう。

つまり、この言葉は、榊を試しているということになる。

なんのために試しているのかわからないが、岡っ引きが手に入るかどうかの分かれ道なのに違いない。

どう答えればいいのか。しかしどう答えても小賢しい答えしか出そうにない。少し考えて榊は答えた。

「わかりません」

「わからないとは？」

秀が聞き返してくる。

「わたしは同心です。どんなことがあっても殺しの手伝いをしないことはわかってるでしょう。それを超えて手伝えと言うならよほどの事情があるということです。いずれにしてもその時になってみないとわたしの心がどう動くかわたしにもわかりません。だからわからないとしか言えません」

何か答えを求められているなら、きっと失格だろう。自分には岡っ引きはまだ早いと諦めるしかない。

秀は、唇を歪めて笑いをこらえるような様子を見せたが、そのうち声をあげて笑い始めた。

「わからない。いい答えだ。旦那」

「いい、ですか」

榊は聞き返した。どう考えても自分の答えがいいとは思えない。殺しを手伝えと言われてきっぱりはねのけなかったのだから、同心としてはむしろ失格だろう。

「いい答えですよ。同心ていうのはね、なにが起こるかわからない仕事だ。自分のやり方が決まってるってのも素晴らしいが、臨機応変に対応できる方がもっといいんです」

「しかし、簡単に状況に流されてしまうのでは困るではないか」

「そこを助けるのが岡っ引きですよ」

秀の言うことはわかったようでよくわからない。

「秀が毒の水ということもあるのだろう」

「害になるかということですね。岡っ引きなんて多かれ少なかれ毒ですよ。その年齢で俺という毒を使いこなせるかは旦那の器量ですね」

「使いこなせるとどうなる」

「江戸一番の同心になること請け合いです」

自信ありげに秀が言う。口調からして秀の自信は嘘ではなさそうだった。

まだ見習いの自分が江戸一番の同心になる。本当なら、なんとしてでもやってみたい。

「分かった、その毒を飲もう」

「かしこまりました」

秀が真剣な表情になって片膝をついた。

「いまから俺は、榊様の岡っ引きですよ」

秀にどんな目的があるのかわからない。もしかしたら単純に榊を利用しているだけかもしれないが。

とにもかくにも、榊は見習い初日で、岡っ引きを手に入れたのだった。

「悪党ですけど悪い奴じゃないです」

佐助が言う。

「知りあいか?」

「まあ、多少は」

だとすると、一応安心はできそうだ。

榊は少しほっとしたのだった。

「お風呂に入ってるの」

花織の声がした。

「入ってます」

「背中流してあげようか」

「結構です」

あっさりと断る。

「損するわよ」

「もう男ですから」

重ねて断った。姉の損するという言葉に嘘はない。花織は骨接ぎの技にたけていて、疲労を抜くのが得意なのだ。

そして風呂での骨接ぎが一番いいらしい。

風呂から出ると、部屋には布団が敷いてあって、花織が正座して待っていた。どうあっても体をもむつもりらしい。

「よろしくお願いします」

榊は素直に頭を下げた。花織という生き物は、自分が一度決めたことを弟の都合でひっくり返したりしない。

従うか、抵抗したあと諦めるか、この二つしか選択肢はない。

「じゃあそこにうつ伏せになって」

花織に言われるままにうつ伏せになる。

ふくらはぎの辺りを柔らかく刺激される。自分で思っていたよりずっと疲れている感じだった。

いつもとそう変わらないはずなのに、気持ちが高ぶっていたせいだろうか。

「ところで、岡っ引きはどうだった」

「どうして知ってるんですか」

「姉だから」

「いくらなんでも、その一言では片付かないでしょう」

「そう?」

「そうですよ」

榊は体を起こした。あぐらをかいて姉を見る。

「どう考えてもおかしいです。確かにわたしは今日から正式な見習いです。と言っても見習いですからね。そもそも自分が小者の扱いです。だから小者はともかく、岡っ引きがつくというのはありえません」

「そうでもないでしょう」

「あります。まさかと思いますが、姉上が何か手を回して、怪しいことを企んでいるのではないでしょうね」

「怪しいことは企んでいないわ。いいことなら企んでるけど」

「聞かせて頂いていいですか」

「知りたい？」

「ご自分のことですか」

「それが人にものを教えてもらう態度なの」

花織はふふん、という顔で榊を見る。

高圧的で独善的で支配的だが、弟思いの姉であることに変わりはない。愛情たっぷりというところがかえって恐ろしいのだが。

「お願いします。教えてください」

榊は両手をついて頭を下げた。

「最初からそうすればいいのよ」

「すいません」

「ではこちらにいらっしゃい」

花織は、榊を応接間に連れて行った。中では一人の男性が父親の小一郎と酒を酌み交わしていた。

部屋に入ると膝をついてから前に進む。前に行くと両手をついた。

「初めまして。榊と申します」

年齢は五十歳を超えたというところだろうか。落ち着きがあるというよりもどことなく遊び人のような風情である。浅葱色の縞の着物に、赤い帯を巻いている。武家というよりもどこかの渡世人という様相だ。

「お。噂の同心見習いだな」

男は笑いを含んだ声で言った。

「どちら様でしょう」

父親が酒を酌み交わしているからには怪しい人物ではないだろう。そうは言っても気を許せる相手でもなさそうだ。

「挨拶が遅れてすまねえ。俺は遠山金四郎って言う、けちな町奉行さ」

「失礼しました」

あわてて額を床につける。

「いいよ。今日は奉行じゃねえ。遊び人の金四郎としてここに来てるんだ」

金四郎は笑ったが、榊はとても笑えない。奉行の顔など見たこともない。偉い人という以外は何もわかっていなかった。

「今日はお前に大切な話があるのだ」

小一郎が真剣な表情で言った。

「切腹ですか」

思わず問い返した。何か致命的な失敗をしたのではないかと思う。

「そんなことのためにわざわざ来るわけがねえだろう」

金四郎が奉行らしからぬ口調で苦笑した。

「では、どのような御用なのでしょう」

「ひとつ、俺の密偵をやってくれないか」

「遠山様の密偵ですか？」

言われている意味がよくわからない。密偵というなら適した人間がいくらでもいるのではないかと思われる。

「いきなり言われても理由がわからないだろう。ちっと説明する」

金四郎の表情からいくと、どうやら本気らしい。

「江戸には百万人もの人間がいるのによ。同心の数は少ない。定廻り同心なんて南町だけだと六人だぜ。どんなに岡っ引きを使っても手は足りないんだ」

「確かにそうですね」

「しかも岡っ引きというのは少々ガラが悪くてよ。こっちの言うこともなかなか聞いちゃくれないのさ」

「同心を増やせないのですか」

「そんなことが簡単に出来たら、俺はきっと町奉行なんてやらずに隠居してるよ」

「お話は分かりましたが、なぜわたしなのですか」

榊にはそれもわからない。よりにもよってまだ子供の自分に白羽の矢を立てる理由があるとは思えなかった。

「お前さん、なかなか切れ者らしいじゃねえか。噂は聞いたし書類も読んだ。俺が今欲しいのは、大人と同じぐらい考えられる子供なんだ。子供なら、犯人も油断するだろうからな。少々危険なのは申し訳ないが、やってくれないか」

「考えられる子供ですか」

「おうよ。頭の中身は大人で、体が子供ってのは密偵には最高なんだよ」

「では、小者と岡っ引きを手配したのは遠山さまなのですね」

「そうだ。あいつらはなかなか役に立つ。経験の足りないお前を上手く補佐してくれるだろうからな」

そうして、遠山は、子供っぽく両手を合わせた。

「俺の頼みを聞いてくれよ」

「頼みなのですか。お命じになればいいでしょう」

「それじゃだめなんだよ。命じられてやる奴はいらないんだ。頼みを聞いてくれる奴がいいんだよ」

「わかりました。お受けします」

「ありがとよ」

そう言うと、遠山は、酒を一杯あおった。花織が酌をする。

「ところで、姉とはお知り合いなのですか」

「おう。知り合いだな。この娘はとにかくおてんばでよ。気風《きっぷ》もいいし、大したもんだ。こういっちゃなんだが俺の女房の若い頃にそっくりなんだよ」

「遠山様の奥様は若い頃はおてんばだったんですか」

「そりゃあすごいもんさ。俺は若い頃武士を捨てて遊び人をやっていたんだけどよ。そこに押しかけ女房にきやがったんだよ。そして俺を武家の世界に引き戻してな。そのせいで奉行なんてやってるってわけさ」

若い頃遊び人だったというのも驚きだが、花織が奉行に気に入られているというのはもっと驚きだった。

いずれにしても、榊としては、思わぬ機会を摑んだということだ。江戸のために思ったよりも早く役立てそうだった。

「よろしくお願いします」

榊はあらためて両手をついた。

「おう。がんばってくれ」

そう言うと遠山は立ち上がった。

「もう帰るぜ。女房に怒られちまう」

さっと部屋から出て行く。小一郎があわてて追いかけた。

「見送りなんざいいよ」

「そうはいきません」

父親と遠山の会話を聞きながら、榊は緊張が抜けてため息をついた。

「よかったじゃない。仕事ができるようになって」

花織がさらっと言った。

「うん。ありがとう。姉さんのおかげだよ」

「素直ね」

「だってそうじゃないか。感謝しかないよ」

「じゃあ、形で示して。口だけじゃなくて」

「なにをすればいいんですか」

「おい、花織、って言ってみて」

「なぜですか」

「同心なんだから、もっとぞんざいに話してよ」

「いや、密偵なんだから、ぞんざいというわけにいかないでしょう。いかにもあやしいではないですか」

「うん。それがいいの。子供だけどぞんざいなら、こいつはなにかあると思われるじゃない？　少し目立ちなさい」

どうなのだろう、と思ったが、花織が言うことも一理ある。

「お、おう花織」

言ってみたが、声が裏返ってうまく言えない。

「難しいですよ、姉さん」

「じゃあ、目を見て好きって言ってみて」

「無理です」

榊は即座に否定した。

「つまらない子ね。まあいいわ。仕事しなさい」

「まずなにをすればいいんでしょうね」

榊には見当もつかない。

「あなたと一緒に動いてくれる仲間を集めるのよ。男の子も女の子も。子供ならどんな所に潜り込んでも怪しまれないでしょう」

確かにそうだ。そうすると、普段から木戸番で榊と接している中から選ぶ方がいいということだ。

「まず、あなたの隣で最も補佐してくれる子をひとり選びなさい。心あたりはある？」

そうだとすると、まずは夏原蛍だろう。蛍の父親は榊と同じく同心だ。頭はいいが家計が苦しいので寺子屋や習い事はしていない。

といっても人に好かれやすいので無料でいろいろ教わっているようだ。

「まあ、蛍ちゃんよね」

「決めたわけではありませんよ」

「じゃあ誰よ」

「まだわかりません。それにわたしが蛍と言ったからといって、蛍が引き受けるとは限らないでしょう」

「じゃあ賭ける？」

「同心ですから賭けはしません」

「ふうん」

花織はにやりと笑った。

「まあ、決まりね」

姉に逆らうのは意味がないので、とりあえず納得する。いずれにしても、誰かに手伝ってもらうとしたら蛍だろう。

「わかったらさっさと寝なさい。まだ終わってないわよ」

言われるままに布団にうつ伏せになる。花織がふたたび足をもみ始めた。

それにしても、子供を使った情報網というのはなかなか秀逸かもしれない。子供はとにかくそこら中にいる。

遊んでいるだけではない。手紙を届けるのも多くは子供の仕事だ。ちょっとしたおつかいは子供がやる。

さすがに深夜は無理だが、その他の時間帯ならどこに子供がいても不思議ではない。

とにかく明日、蛍に相談してみよう。そんなことを考えているうちに、榊はすっかり眠り込んでしまった。

★

目が覚めると、台所から料理をする音が聞こえてきた。姉の花織が朝食を作っているのだ。

涼風家では朝食は花織の仕事だ。母親の綾女《あやめ》は朝は忙しい。家の庭にたてている長屋の見回りで食事を作る時間がない。

父親の小一郎は、庭で朝の鍛錬をしているところだった。子供のくせに父親より遅く起きるというのはたるんでいると言われそうだった。

あわてて庭に出る。

「おはようございます」

挨拶をすると、小一郎は上機嫌な笑顔を榊に向けた。

「おはよう。昨日は同心見習いの昇進祝いをできなくて悪かったな」

「密偵となると同心見習いとは身分が違うのですか」

「うむ。本来ならお前は俺の組に所属して修行を積むことになる。だが密偵となると一人前の扱いになるからな。一人でやるしかないだろう」

「それにしても驚きました。いきなりお奉行様がやってこられて」

「驚かせてすまなかったな」

「ということは突然のお話ではなかったのですね」

「打診はされていた。お前にとってもいい話だと思ったからな」

「ありがたいお話です」

「今日から一人だ。頑張って働くのだぞ」

「それなのですか、実は怪しい出来事に行き当たりました」

「なんだ」

「昨日、銭湯で、盗賊に斬られたという男にあったのですが、何か関係があるのでしょうか」

「斬られたとはどういうことだ」

「万能鍵を作れる職人だそうなのですが、盗賊に襲われたと言っていました」

「そのことは誰かに話したか」

「まだです」

「よろしい。それは他人には話すな。お前の胸の内にしまっておけ」

「小者や岡っ引きにも話してはいけませんか」

「お前についた二人には話してよい。それ以外の大人には話すな」

「わかりました」

事情はわからないが、何か理由があるらしい。

「できました」

花織が声をかけてきた。

「まずは食事にしよう。今日は少し豪勢だぞ」

「なぜですか」

「お前の昇進祝いだからな」

家に入ると、食卓には鰯《いわし》の焼いたものが置いてあった。同心としてはこれはかなり破格のご馳走である。

夕食には安くなった鰯が加工して出されることがある。が、朝食となると全く値引きをしていない新鮮な鰯ということになる。

値引きをしていない魚は贅沢品だから、よほどのことがなければ食卓に登ることはない。

父親の膳には鰯はなかった。

「父上にはないのですか」

「わたしは外で贅沢をしているからな。家の中では胃を休めることにしている」

小一郎の膳には、豆腐と、納豆と葱、沢庵《たくわん》、そして味噌汁であった。

「しかし……」

「勘違いするな。我が家は薄給だが生活に窮してはいない。わたしの膳に鰯を並べたからといって家計としてどうということはない。だが、贅沢をおぼえれば心がゆるんでしまう。常日頃から心をひきしめるために質素にしているのだ」

「わかりました」

「かといって、良い事があったのに祝わないのもけちくさい。倹約はしてもいいがけちになるのはいいことではないのだ」

「はい」

答えると、温かいうちに鰯を食べることにした。

焼きたての鰯は脂が甘い。口の中に身をいれると、舌の上でしゅうっと音をたてるように脂が溶けていく。

鰯からかすかに胡麻《ごま》の香りがする。焼きたての鰯の匂いと胡麻の香りがあわさって、たまらなくいい味になっていた。

「これは本当に美味しいですね」

「もっと褒めていいわよ」

花織がやってくるなり言った。

「これは本当に美味しいです。姉さん。普段から料理上手ですけど、今朝のはまた格別ですよ」

「ありがとう。これには自信があるの」

「かすかに胡麻の香りがします」

「焼き網にごま油を塗ってから鰯を焼いたのよ。そうするといい香りがつくの」

「すごいですね。贅沢だ」

「たまにはいいでしょう」

食事を全部平らげると、榊は夏原家に向かうことにした。

お互い同じ八丁堀の中に住んでいるから、家はごく近い。普段は木戸番でしか会わないから、家に行くのは珍しかった。

「おはようございます」

挨拶をして木戸をくぐると、蛍の母親、美冬《みふゆ》が迎えてくれた。

「あら、涼風さんのご子息ね。どうしたの」

「蛍さんに用事がありまして」

「あらあら。まあまあ」

「違います」

どうして、誰も彼も同じ反応をするのだろう。思いながら、改めて口にした。

「役向きの用事なのです」

「そうなの。では呼んできますけど、少々時間がかかるかもしれません。すこしお待ちになってくださいね」

立ったまましばらく待つ。

やや時間が経って、蛍が現れた。明るい萌黄色《もえぎいろ》の着物を着ている。すっきりとした綺麗な色合いだ。

「綺麗な着物だな」

「ありがとう。これはぜんまい織りっていう、夏の終わりからいまの時季までしか着ないものなの」

「そうなんだ。なぜ？」

「聞いても榊にはわからないわよ。それでなんの用事？」

「神田明神まで二人で歩かないか？」

「そんなことを言いに来たの？」

「そうだよ」

秘密の話をする時は、歩いている方が都合がいい。かえって聞き耳をたてられにくいからだ。

お役目が極秘な以上は、聞かれにくくする工夫が必要だった。

「ならすこし待って。いま草履だから」

そう言うと蛍は家の中に入って、下駄で戻ってきた。小ぶりだが洒落た形の下駄で、足袋《たび》もしっかり穿いている。

やや大人びた青茶色の巾着《きんちゃく》が萌黄の着物とよく似合っていた。

「じゃあ行きましょう」

よく見ると薄く紅も引いている。

今日はずいぶんと美人だな、と感心しながら、並んで歩いた。

「それで、わざわざ呼びに来るなんてどうしたの？」

「うん。それなんだけどね」

榊は咳払いをすると、蛍の顔を真っ直ぐに見た。

「ちゃんと聞いてくれる？」

「もちろん」

蛍は真面目な顔で頷いた。

「実はお奉行の遠山様からの密命で、子供たちで隠密捜査を行うことになったんだ。それで蛍にも協力して欲しい」

「捜査の？」

「そうだよ」

「これ、お役目の話なの？」

「うん」

「ああ、そう」

蛍は表情を変えずに頷いた。

「まあ、いいわよ。わたしも同心の娘だし。合ってるんじゃないかと思う」

「だろう。俺もそう思う」

その瞬間。がつん、となにかが脛にぶつかった。

「痛っ」

思わず声をあげる。

「ごめんなさい。下駄がぶつかったわね」

「いや、どうしたの？」

「転びそうになったの。ごめんね」

「いや。蛍が転ばないならよかった」

榊はそう言うと、蛍に笑顔を向けた。

「とりあえず、これからもよろしく」

「まあ、仕方ないわね」

蛍はため息をついた。

「それで。何をすればいいの。まさかやることもないのに仲間だけ集めますと言うわけではないわよね」

「やることはあるんだ。ただ、どうやったらいいのかわからないな」

榊は、昨日の銭湯でのことを蛍に説明した。

「なるほど。女湯で情報を集めるのはいい手段ね」

「そんなことを言われても入らないよ」

「誰が榊に入れって言ったのよ。わたしが入るの」

「あ、そうか」

榊は思わず顔を赤くした。常識で考えれば、女の蛍が入るのが当たり前である。

昨日花織と女湯の話をしたのでついおかしなことを考えてしまった。

「わたしなら警戒もされないしね。ついでに粟太と小麦も呼びましょう」

蛍がてきぱきと言う。

「うん。それでなんとなく噂を仕入れて欲しい」

「ところで、榊は今回のことをどう予想するの」

「予想か」

榊は考えこんだ。確かにあてもなくさまよっても事件の解決には繋がらないだろう。

と言っても、今のところ材料が少なすぎる。長屋にいる草太郎という職人が襲われたというだけではなんとも考えようがない。

「普通に考えれば盗賊が鍵を手に入れようとした、というのが自然だな。でもこれには不自然な点がある」

「どんな？」

「一番の疑問は、草太郎が生きていることだね」

「殺されてる方が自然だっていうこと？」

「実際、草太郎さんは周りにペラペラ喋ってるだろう。それを聞きつけて奉行所が捜査を始めるのはわかりきったことだ」

「でも、きちんとした盗賊なら、むやみに人を殺すこともしないでしょ」

「それなら刀で斬ったりもしないさ。つまり今回の相手は人を殺すこともいとわないという物騒なやつだってことなんだよ」

「じゃあ、草太郎って人が生きていることが謎をとく鍵なのかもしれないわね」

「とにかく男の特徴や人相を聞いて調べてみよう」

話しているうちに、神田明神そばの木戸番についた。

「おはよう」

函太郎が声をかけてくる。

「おはようございます」

「今日は花梨糖《かりんとう》が入ってるよ」

「本当に？」

反応したのは蛍の方だった。花梨糖は、深川で売っているかりん糖とは全然別のものである。

熟した花梨の実を黒砂糖で煮て、薄く切ったものだ。花梨は調理しないと食べられないから安い。

しかし香りは抜群にいいから、黒砂糖で煮るとなかなかに美味しいのである。ただし、腹にはあまりたまらないから榊は普段から食べなかった。

「榊はこれ食べないわよね」

「腹にたまらないからな」

「お菓子をそういうものさしでみるのは無粋なんじゃないの」

「粋になったことはないな」

「なりなさいよ」

「無理」

蛍に答えながら、普通にきなこ棒を手にとった。

「そういえば、草太郎のことは調べておいたよ」

函太郎が笑顔を浮かべた。

「だからもう少し高いものを食べなよ」

「何を食べればいいのかな」

「今日は特別な物を出してやるから、六文払いなよ」

「高いな」

「その代わりとびきりうまいよ」

「わかった。じゃあそれをくれ」

「二つ」

蛍が口を挟んだ。

「もちろんわたしのぶんもあるわよね」

「そうだな」

函太郎は、焼きたての芋を一本取り出した。それを半分に割ると皮をすっかり剝いてしまう。函太郎の手の皮は分厚くて、熱い芋でも平気なようだった。

剝いた芋を木の器に移すと、熱々の芋に水飴をかけていく。とろとろの水飴が芋の熱でまさに水のようになっていく。甘い香りが湯気とともに立ち上った。

「普段は冷えてから客に出すんだけどさ。本当は熱々のやつが一番うまいんだ」

一緒に箸も出してくれた。

火傷《やけど》しないように口でふうふうと吹いてから食べる。口の中に入れると熱々の芋の甘さに、溶けた水飴の甘さがからみついた。

芋だけでも甘いところに水飴をかけるのだから、熱さと甘さが抱き合って喉の奥になだれ込んでくる。

喉から腹にかけて熱が伝わって、胃が熱くなった。

冷えた時の方が甘味は強いのだが、熱というのは別のご馳走だ。

「俺は冷えた時よりこの熱々の方が好きだな」

「そう言うと思ったよ。これは焼きたてじゃないと作れないからね。特別な客にしか出さないんだ」

「本当に美味しい。これは確かに癖になっちゃいそうね」

あっという間に食べ終わって、函太郎が出してくれた麦湯《むぎゆ》も飲み干す。

「それでなにがわかったんだい」

「あの草太郎ってやつはなかなかの悪党だと思いますよ。盗賊の仲間割れで斬られたのは間違いないですよ。だから誰にも言わなかったんでしょう」

「なんて盗賊の一味なんだろう」

「みみずくって一味らしいですよ」

「聞いたことがあるな。足音を立てず、盗まれたことにも気がつかないすごい盗賊だっていう話だよね」

「そうですね。木戸番の俺が言うのもなんだが大した盗賊ですよ。何十年も盗みを働いて誰も傷つけたことがない。煙のように消えるんです」

「どうして仲間割れをしたんだろう」

「それはわかりませんがね。草太郎に不手際があったんじゃないですかね」

函太郎の口調では、盗賊よりも草太郎のほうに問題があるという風情だった。しかし、やはり斬りつけた側がおかしいだろう。

直接聞いたらのらりくらりとかわされてしまうかもしれないが、ここはまっすぐ切り込んでみるしかなさそうだった。

「ありがとう。とにかく草太郎に会ってみるよ」

榊は函太郎に頭を下げた。

幸い子供で捜査するということを草太郎は知らない。だから、榊が囮を演じつつうまく周りで証拠を摑んでいくのが良さそうだった。

「これから銭湯で草太郎に話を聞いてくる。蛍は粟太と小麦に話をつけておいてくれないか」

「銭湯ならわたしも行きたいんだけど」

「俺以外の姿を見られたくない」

「でも相手の顔も知らないのではやりにくいわ」

「すまないけど、銭湯の入口で待っていてくれないか」

「わかった。見られたくないなら仕方ないわね」

蛍はあっさり納得した。

「じゃあ行ってくる」

今朝はいつもより早い時間に来たせいで銭湯はまだやっていなかった。入口に行列ができている。

五人ほどが苛立った様子を見せていた。

「早く開けろ。番頭」

「遅いぞ」

「くそ番」

口々に風呂屋をののしり始めた。

草太郎はいない。あたりを見回すと向こうからやって来るのが見えた。

「お。榊の旦那。おはようございやす」

草太郎と久が声をかけてきた。

「おう、おはよう」

言われた通りやや横柄に返事をする。

「いい感じですね。その通り頼みやすよ」

草太郎が軽く笑った。

屈託のない顔を見ている限りとても嘘をつきそうにない。こういう男を疑うのが同心の仕事というものだが、けしていい気分ではなかった。

「おはようございます」

佐助が合流した。

「そろそろ風呂屋が開きますね」

佐助が言うと、風呂屋の入口が開いた。朝から働いていた男連中が我先にと銭湯の中に吸い込まれていく。

「自分はここで待っています」

佐助が入口で止まる。

「一緒に入らないのか?」

「そうしたら、榊様の荷物を持っている人間がいないでしょう。小者というのは荷物を持って入口で待っているものなんですよ」

確かに、佐助は榊の着替えも含めて箱に入れて持っている。一緒に風呂に入るのは無理そうだった。

朝は男の客がほとんどで、女の姿はあまりない。少しすると芸者や遊女が朝風呂のためにやってくる。

銭湯の中に入ると、中は湯気と人の熱気でかなり暑かった。外は秋風が吹いていても銭湯の中はまだ夏である。

「背中流しやすよ」

草太郎が声をかけてきた。

「お願いする」

返事をすると、草太郎は手ぬぐいを取り出して榊の背中をこすり始めた。

「育ちのいい背中だね。全く羨ましいね」

「貧乏同心だからな。育ちで言ったら全く良くないよ」

「貧乏っていうのは、金がないってだけで育ちが悪いわけじゃないんだよ。金がないって理由で金にガツガツするやつを育ちが悪いって言うんです。そういうやつは簡単に悪いことをするようになりやすからね」

「草太郎は育ちが悪いのか」

「ええ。それはもう悪いですね」

草太郎が悪びれずに言う。

「人を騙したり傷つけたりするようなことも散々やってきてね。真面目になろうと思って鍛冶屋を始めたら今度は悪事の方から追ってきやがるんですよ」

やれやれ、という響きが声にはあった。一回悪事に手を染めると、抜け出すのはなかなか難しいという。榊には実感がないがそういうものなのだろうか。

「斬られた男の特徴は?」

「頭巾をかぶっていたから全然わからないな」

榊の背中を擦っていた手ぬぐいの感触が少し変わった。おそらく、特徴がないというのは嘘なのだろう。しっかりと顔も見たに違いない。

草太郎としては、その男を捕まえたくはないが、自分が巻き込まれた事件はなんとかしたい。そういう複雑な心持ちなのかもしれない。

その矛盾した気持ちを受け止めるべきかどうか。受け止めないなら、父親に報告してしまえば後は榊には関係ない。

この間までならそうしたかもしれない。しかし今は一人前の同心見習いだ。意地というものがある。

「何が起こっているのかわからないが、お前が巻き込まれた事件はわたしが必ず引き受ける。安心するといい」

榊が言うと、草太郎は驚いたような顔になった。

「本気ですかい？」

「もちろんだ」

「俺って、悪いやつなんですよ。自分で言うのもなんだけど」

「だが、いまは身を守る必要があるのだろう？」

「そりゃそうですが、あくまで俺の都合ですからね」

「自分の都合以上に大切なものはないだろう」

「でも、例えばお武家さんは武士道の方が大切なんだろう」

「武士はそうだな。でも、お前は武士ではないだろう。武士というのは、体面をたもつ賃金をもらっているだけだと父上が言っていた」

「そいつはなかなか立派な父上だね」

草太郎が感心したように言う。

「それで、お前の都合というのを聞かせてみろ」

「へえ、正直に言うと、仲間割れなんです」

草太郎が頭をかいた。

「つまり、お前も盗賊の一味なのか」

「へえ」

「それなら確かに奉行所には届けられないな。お前まで捕まってしまう」

「それは困るんです。なんとかなりやせんかね。旦那」

榊は思わず考えこんだ。

「草太郎が助かる方法はあるのかな？」

一緒にいる久に目を向ける。

「なにか知っているか？」

「あるにはありますよ」

久が答える。

「言ってみてくれ」

「榊様が、密偵としてこの男を使って盗賊を捕まえれば、この男には情けがあるでしょう。ただし、仲間を売ったということになります」

久が言うと、草太郎が渋い顔をした。

「そこが問題なんですよね」

「仲間を見捨てるのは目覚めが悪いということか」

榊が言うと、草太郎は首を横に振った。

「寝覚めはいいんですよ。あちらもこちらと喧嘩をしているわけですから。ただ、奉行所に仲間を売ったとなると、盗賊の仁義に反します」

「盗賊も仁義はしっかりしているのだな」

「影の世界の住人ですから、表の世界より仁義にはうるさいですよ」

「では諦めるか」

榊が言うと、今度も首を横に振る。

「それはそれで生きていけなくなっちまいやす。まあ、風呂屋で旦那と出会ったのも縁てことで、密偵をつとめさせていただきますよ」

「分かった。それでお前のいた盗賊は何と言う親分なんだ」

「はい。みみずくの太吉《たきち》って言いやす」

「それはなかなか大物だな」

榊も名前は聞いたことがある。江戸を十年以上荒らしている大物だ。盗みの時に全く音を立てないので、羽音のしないみみずくと言うあだ名がついたらしい。

音も立てないし気配もないから、下手をすると数日以上盗まれたことに気がつかないということもあるらしい。

「今まで捕まらなかった理由はあるのか？」

「引き込みを使わないせいですよ」

草太郎が胸を張った。

「なんせ俺がいやすからね」

「どういうことだ？」

「引き込みっていうのは、店の戸を中から開けたり、蔵の鍵を用意したりするんですよ。でも俺がいればどんな鍵でも開くからいらないんですよ」

「でも、鍵はいいが、戸は心ばり棒がかかっていたりするだろう？」

もし強引に外せば、大きな音が出る。みみずくという異名をとるからには、音を立てずに心ばり棒を外せるということになる。

榊の言葉に、草太郎は笑い出した。

「長屋じゃあるまいし、心ばり棒なんかを使ってる大店なんかないよ。ちゃんとした錠前をつけた蔵があるんです。俺たちからするとかえって無防備になってるってもんですよ」

「ところで、なぜ仲間割れをすることになったんだ」

「俺は、みみずくの親分が好きだったんだよ。それなのに、これからは息子が親分になるって言いだして。もちろん自分の子に後を継がせたいって気持ちがわからないわけでもねえ。でもね、ただ息子だってだけで後を継げるっていうのはどうにも納得がいかないいんで」

「息子には能力が足りないと思っているのか？」

「親分としては少々物足りないです。俺たちが盛り上げるって考え方もありやすが、失敗したら死罪ですからね。それに、あの息子は血を流してもかまわないと思っているようなんで、嫌なんです」

「みみずくが殺しをするっていうのか？」

「そうかもしれねえ、てだけですが。俺はなんだかあやしいと思ってるんですよ」

「そう簡単にやり方をかえるかな」

「いままで通りならいいですが。俺は手を血で汚すのはいやなんです。まっとうな盗賊なんでね」

「おいおい。盗賊にまっとうはないだろう」

「ありますよ。人を殺すような奴はだめです」

草太郎は真剣に腹を立てているようだった。

「草太郎を密偵として使うのはいいかもしれないな」

「ぜひ使ってやってください」

草太郎が頭を下げる。

「一味のうちで、住んでいる場所を知っている相手はいるのか」

「住処はお互い秘密なんですが、一人だけ知ってます。昔、酔っ払って転がり込んだことがあるんですよ」

「そうか。そいつは普段なにをやってるんだ」

盗賊といっても、それだけやっている人間はあまりいない。どんな盗賊も表の顔というものがあるのだ。

「普段は麦湯を売ってますよ。なかなか繁盛してます」

「繁盛しているのに盗賊をやるのか」

「旦那はなにもわかってねえ。盗賊になっちまうとね、盗むことが楽しいんだ。金はまっとうに働いて稼げばいいが、あの気持ちよさはなににもかえられない。だからこそ人を傷つけちゃいけないんですよ」

どうやら、盗みに誇りを持っているらしい。

「どこで麦湯を扱っているんだ？」

「両国《りょうごく》のはずれですよ。麦野郎て店です」

「わかった」

榊は立ち上がると、風呂を出た。体を拭いて服を着ると、草太郎と共に佐助が待っているところに行く。

「草太郎を密偵にすることにした」

「なぜ草太郎を密偵に？」

榊が簡単に事情を話すと、佐吉は頷いた。

「みみずくの太吉といえば大物ですね。しかし、草太郎を密偵にするのはいけません」

「なぜだ？」

「仲間なら顔が割れているでしょう。うろうろしてたらあやしいですよ。むしろ草太郎から話を聞いて、顔が割れていない人間が調べた方がいいです」

「そうだな」

するると、榊や蛍の方が都合はいい。

「でも、俺は密偵じゃなくなったら死罪じゃないですか？」

草太郎がおびえたような声を出す。

「別の手を考えるから、心配はしなくていい」

榊はそう言うと、佐助の方を見た。

「少し考えがある。事件を解決する糸口を思いついた」

「どのような糸口ですか?」

榊は、懐からきなこ棒を取り出した。

「これさ」

「きなこ棒ですか?」

「ああ。これでみみずくの一味を捕まえてみせる」

★

「本当にきなこ棒で犯人が捕まるの?」

蛍が疑問ありありという様子で聞いてきた。

「蛍は疑ってるのか」

「かっこいいこと言ってみたかっただけなんじゃないかと思ってる」

「ひどいこと言うな」

そうは言っても、蛍の言うことも半分は本当である。

もっともそれだけではない。

「手がかりは麦湯しかないのだ。なにか甘いものをきっかけにして麦湯売りに近づきたいんだ」

「それなら大福とかきんつばとか、普通のお菓子ではいけないの」

「それだと当たり前で印象に残らないだろ」

「盗賊の印象に残りたいの？」

「そうだ」

「それならきなこ棒はいいかもしれないわね」

こっそりと調べるなら、確かに顔がわからない方がいい。しかし今回は、相手の一味をあぶり出す必要がある。

だとすると、むしろ顔を覚えられた方が都合が良いのではないかと榊は思う。それには印象的な行動をとった方がいいだろう。

「そもそも草太郎という人が本当のことを言っているのかしら」

「まだなにか隠していると？」

「一応そう思っておいた方がいいのではないかしら」

「そうだな」

もちろん榊にしても完全に草太郎を信じているわけではない。そうは言っても命が助かりたいというのは嘘ではないだろう。

蛍とぶらぶらと両国の方に向かって歩く。

神田明神から両国までは子供の足でも四半刻もあればつく。外神田から秋葉が原を抜けてまっすぐ行くともう両国橋である。

今日は祭りの日ではないから、末広町《すえひろちょう》の辺りはひっそりとしている。秋葉が原は祭りの日になると屋台がずらりと並んで騒がしいが、普段は出合い茶屋がやっているくらいの静かな町だ。

そのせいで出合い茶屋は繁盛しているらしい。と言っても榊には全く関係のない店ではある。

両国橋のたもとに来ると、まるで祭りでもやっているかのような大きな声が聞こえる。

橋のこちらもそれなりにぎやかだが、あちら側は祭りでも開いているような喧噪である。

橋を渡ると、一面の屋台であった。

両国橋のたもとから、どこまで延びているのか分からないほど屋台が並んでいる。

どの屋台にも四文と書いてある。

両国名物の四文屋である。日用品を四文で売る店とは違う。酒でも煮売りでもなんでも四文である。高いものでも四文分の分量で売っていた。

これまで両国には足を運ばなかったからかなり珍しい光景だ。人の波に押し流されそうになる。

橋の右手に行列ができている。寿司を買うために並んでいるようだ。両国は、もとは握り寿司の元祖、華屋與兵衛が最初に屋台で店を開いた場所だ。今では立派な店舗を構えて両国橋にはないが、「握り寿司の聖地」として、ここで店を開くとかならず行列ができる。

そのために寿司屋が談合して、毎月店が入れ替わると言う不思議な場所になっていた。ここは四文ではないようだ。八文と書いてある。

「相変わらず寿司は大人気だね」

「手軽で美味しいから。でも女のわたしにはまず縁はないわ」

蛍がややさめた声を出した。

寿司飯は大きい。「ひと口半」という大きさで、男が食べて一口半というのが一般的だ。榊だとふた口。女ではとてもかじりつくことができない。

なので女性は稲荷寿司くらいは食べても握り寿司は難しい。

榊もじつのところ食べたことはない。武士は基本的に屋台で食べることを推奨されていないからだ。

「じゃあ一個買ってふたりで分けるか」

榊が言うと、蛍がやや顔を赤らめた。

「榊がいいならわたしはいいわよ」

「そうしよう」

そう言うと、榊は列に並んだ。行列は三十人ほどだろうか。といっても待つ時間は長くはない。

店の前に握り寿司が並んでいて、客はそれを手にとると銭を料金箱に投げ込む。なのであっという間に列が動くのである。

「なにを食べる」

「わたしはなにがあるか知らないわ」

「マグロか海老、コハダ、赤貝。そしてイカだ」

「おすすめでいいわ」

人気があるのは海老だが、海老は尻尾の部分があるから二人で分けるには向いていないだろう。

「じゃあマグロにしよう」

行列がすすんで、すぐに榊の番になった。マグロを一個手にとると、箱に八文放り込むとさっと列を離れた。

「マグロって黒いのね」

「醤油で漬けてあるからね。漬けっていうんだ」

「どっちから食べるの」

「お先にどうぞ」

榊は寿司を差し出した。蛍は榊の手から一口かじる。半分ともいかない分量をかじりとる。

あとはどうぞ、と手で示す。

寿司をかじると、醤油の味と、マグロの旨味が口に広がる。寿司飯はやや酢がきつい印象がした。

大人の味ともいえるが、榊には少々大人の味すぎる。

「美味しい？」

蛍が聞いてきた。

「ああ。美味しい」

答えると、蛍が笑った。

「嘘ついたわね」

「なにが」

「美味しいなんて思ってないでしょ」

「そんなことないよ」

言いながら、なぜわかったのだろう、と思う。顔色は変えていなかったはずだ。蛍は妙に勘がいいから、微妙な表情が読めるのかもしれない。

「正直きなこ棒の方が美味しいな」

「榊、お寿司食べたことなかったの？　あんなに自信たっぷりな顔してたのに」

「ない」

「格好つけてたの？」

「つけてない。麦湯が見えたぞ」

うまく胡麻化して、麦湯売りの方に足を速める。

「あれが目的の麦湯なの」

「まだわからない」

両国に麦湯売りは多い。暑い時季でも寒い時季でも麦湯を飲む客は多い。だから二十軒はくだらないだろう。

「俺は運がいいからな」

言いながら歩いたが、なんとなくはずれの気がする。店につくと、二十歳くらいの美人が店の前に出ていた。

麦湯といえば看板娘である。表に出ている娘がどのくらい美人かで客の入りが全く違う。

だからどの店も、看板娘を引っ張ってくるのにやっきになっていた。麦湯の味自体はどの店も同じだ。料理も出さず、せいぜい団子くらいだ。

しかしよく考えたら盗賊の隠れ家には向いているかもしれない。客は看板娘の顔は覚えても店主の顔など覚えていないだろう。さりげなく店主が変わっていても気づかないに違いない。

案外、みみずくの一味は麦湯売りとして散らばっているのではないだろうか。

さすがにそれは考えすぎか、と思いつつ、とにかく店に入った。

店といっても屋台に毛の生えたようなもので、十人も入れば少々混み合っていると感じられる。

黙って座れば麦湯が運ばれてくる。なんせ他のものがないから座るというのは注文するのと同じ意味だ。

看板娘を眺めながら麦湯を飲んで金を置いて出て行く。考えるほどに盗賊の隠れ蓑にちょうど良さそうだった。店主が麦湯を運んできた。

「この辺に木戸番はあるかい」

「なんで木戸番なんかに用事があるんですかい」

「番太郎菓子が欲しいんだよ。木戸番ごとに味が違うんだ」

「あんなもの違いがあるんですかね」

店主が苦笑する。年の頃は二十代後半だろうか。野性味のある顔立ちをしている。番屋、と聞いてもなんの反応もしないから、どうやらただの麦湯売りらしい。後ろめたいことがあるなら番屋と聞くだけで嫌だろう。

「木戸番はどこにあったかな」

「木戸番なんかには縁がないからおぼえてないですねえ」

「じゃあしかたないな」

語りながら麦湯を飲む。木戸番を知らないは嘘だろう。そんな江戸っ子がいるはずもない。といっても両国は火よけ地で、本来建物は存在しない建前である。だから木戸番も米沢町なり同朋町の木戸番ということになる。

素直に「ない」と言えばすむところを「おぼえてない」と言うのは不自然だ。あえてとぼけたのであれば、最近ここに来たということになる。

一発目から当たりを引いたのだろうか。

「おじさん。この辺りできんつばの美味しい店を知らないかしら。麦湯を飲む時にちょうどいいような味がいいわ」

「そうだな。両国の広小路にある鶴屋《つるや》って店がなかなかのもんですぜ」

「ありがとう。行けばわかるかしら」

「ここからすぐのところにある。鶴の看板がかかってるからな。よかったら戻ってきてここで麦湯を飲んでくんな」

麦湯売りとしては、おかわりをしてくれるにこしたことはない。きんつばは味が濃くて麦湯が欲しくなる。懇意にしている菓子屋があることは多かった。

「じゃあちょっと行ってきます」

二人は店主に挨拶すると店を出た。

「あたりかな」

榊が声をかけると、蛍が首をかしげる。

「どうかしら」

「鶴の看板というのが気になるな」

「みみずくだけにというところね」

「同じ鳥だから気になるな」

麦湯売りとしては菓子屋を知っているのは当然ともいえる。だが、もし盗賊の仲間だとするならそれも辻褄が合う。

盗賊は盗みを働くと江戸から逃げていく。奉行所としてはそういう常識を持っている。しかし、両国のような盛り場で何食わぬ顔をして暮らしているとしたらどうだろう。

江戸で盗みを働く上で一番の問題が木戸と大家である。夜になると町の木戸が閉まって怪しい人間は出入りできなくなる。

さらに、うかつに夜に家を空けていると噂になって大家の耳に届く。

だから盗みなど働いたら高飛びするに決まっている。しかし、両国は火よけ地だ。本来立っていない場所に建物を建てるのだから大家もいない。

勝手に住んでいたとしてもここならわからないだろう。

それに両国広小路には菰張《こもはり》芝居がある。粗末な菰をかけた芝居小屋だが、役者は一流どころをそろえていた。

江戸の芝居で今一番熱いのは菰張芝居だ。両国広小路は芝居見物の客であふれていた。役者もきちんとした役者なら自分の家というものがあるが、駆け出しの役者は菰張芝居の周りに適当に住んでいる。

だから例えば、両国の麦湯売りがまるごと盗賊の一味ということもありえない話ではなかった。

鍵を作るような特別な仕事ならともかく、普通に盗賊をやるなら盛り場で情報を集めるのは悪くないだろう。

そう考えると、両国の麦湯売りが全部当たりでもおかしくない。

さすがにそれは考えすぎか、と思っているうちに鶴屋についた。

「ごめんなさい。きんつばが欲しいんだけど」

声をかける。

「はいよ。いくつ欲しいんだ」

店主が愛想のいい笑顔を見せた。

「ふたつ。それとまんじゅうもふたつくれないか」

「はいよ」

店主が手際よく包んでくれる。手を見るとどうやら本物の菓子職人のようだ。菓子を作る人間は爪の形が少し歪んでいるからすぐにわかる。

まだ熱い餅をこねるからその温度で爪が歪んでしまうのである。この店主が盗賊だったとしても、真面目な菓子職人であることに違いはない。

菓子を受け取ると榊はさっきの麦湯の店に戻ることにした。

「全然わからないな」

「初日なんてこんなものでしょう。そもそも同心見習いになったばかりだし、ままごとみたいなものよ」

「それは俺がだめだってことか」

「気長に行きましょうってことよ。まずはきなこ棒を食べてる子供が色々な麦湯の店を回っているという印象をつけたいんでしょ」

「そうだな。普通麦湯売りは集まったりしないが、もし盗賊の一味が麦湯を売っているなら俺のことも噂になるだろう。とにかく怪しまれたい」

「それならなおのこと焦らないで両国を回りましょう」

「そうだな」

長い間捕まっていない盗賊なら、度胸も据わっているだろうし、調べました、はいそうですかと捕まるわけもない。

まずは当たりをつけるのが大切だ。

そもそもまだなにも盗まれていないのだから、まさに雲をつかむような話だ。しかし盗まれてからでは遅い。盗みの現場で捕まえるのが一番だろう。

店に戻ろうとすると、不意に声をかけられた。

「榊じゃない。どうしてここで逢引してるの」

花織だった。

「姉さんこそなんでこんな所にいるんだ」

「芝居よ。『南総里見八犬伝《なんそうさとみはっけんでん》』。今大人気だから見に来たの」

「それはいい。では楽しんできてください」

そう言って行こうとすると袖を摑まれた。

「何か面白そうなことやるんでしょ」

「捜査だから面白くないですよ」

「面白そうじゃない」

「姉さんには関係ないでしょう」

「もちろんあるわ。だって姉だから」

「その理屈はもういいですよ」

「でも榊は両国のことは全然わからないんじゃないの。右も左もわからない場所でうまく役目が務まるのかしら」

そう言われると弱い。両国はごった返しているから正直何が何だかわからないと思っていたところだ。

「今日は特別ですよ。姉さん」

「はいはい。それで何を調べたいの」

「麦湯売りなんです」

榊は花織に簡単に事情を説明した。

「なるほど。それは何が何だかわからない話ね。子供らしい発想だけど子供の考えともいえる」

「それは意味がないってことですか」

「やってみる価値があるって事ね」

花織は少し考えこむとにっこりと微笑んだ。

「麦湯を飲んだら銭湯に行きましょう」

「姉さんはどうあっても俺と風呂に入らないと気が済まないのですか」

「別にあんたと入りたいわけじゃないわよ。両国の若松湯《わかまつゆ》を知らないの」

「知らない」

「両国っていうのは毎日がお祭りだから銭湯も何軒もあるのよ。だからどの風呂屋も酒や食事やお菓子に気を配って二階でくつろげるようになっているの。その中でも特に有名なのが若松湯なのよ」

「その銭湯が有名だから何だって言うんです」

「風呂屋の中で麦湯売りのことをしつこく聞いてる子供がいたらすぐに噂になるでしょ。もし本当に盗賊の一味なら榊のことを調べずにはいられない。そして同心見習いだってわかったら何らかの方法で必ず近づいてくるわ」

　確かにその通りだ。自分で目立とうと思ってやってきたのに目立つ方法をしっかりと考えていなかったのは甘いとしか言いようがない。

「ありがとうございます。姉さん」

「いくら感謝してくれてもいいわよ」

　謙遜の欠片もなく花織は言う。

　しかし確かにその通りにするのが良さそうだった。

「蛍、いいか」

「いいわよ。でも女湯には来ないでね」

「当たり前だろ」

「じゃあ行きましょう」

花織が先頭に立って歩き始めた。どうやら若松湯の場所はわかっているらしい。

後ろをついて歩きながら辺りの様子を見る。

見れば見るほど榊の住んでいる八丁堀とは違う。神田明神の辺りも賑やかだが両国は空気の匂いが違う。食べ物の匂いや酒の匂いに混ざって薬の匂いがする。

歩いているうちになんとなく周りに注目されているような気がした。よくよく見ると視線が集中しているのは姉の花織だった。

花織は、萌黄色のぜんまい織りの着物に赤い帯をしている。ぜんまい織りは縦の縞が入っていて、けだしの部分には赤い牡丹が染められていた。

これから座敷にでかける芸者だと言われても納得するだろう。唇にはきりりとした様子の紅を塗って、気風もいい。

弟の榊から見ても美人以外の言葉は出てこなかった。両国広小路の真ん中を歩いていればそれは目立つだろう。

花織は、周りの視線など気にもならないらしく、胸を張って歩いている。

しばらく歩くと若松湯についた。神田の銭湯の三倍はあるだろうか。銭湯としてはかなり大きい。

銭湯の前にも屋台が出ていて、甘酒を売っている。どこもかしこも屋台で埋められているようだ。

「お姉さん、美人だねえ。甘酒どうだい」

「ありがとう。お風呂あがりにもらうわ」

そう言うと、花織はさっさと銭湯に入っていく。あわてて後をついていく。といっても榊は男湯だから、別れることになった。

男湯は広いだけで普通の銭湯と変わらない。ただ、酔っ払っている客がすごく多い。二階に行く前にもう酔っ払っているのだ。

表の屋台がいかに酒を飲むのに適しているのかよくわかる。

「こんな時間に子供がなんでいるんだ」

風呂場に入るなり声をかけられた。

「うちの姐さんに連れられてきたんです」

「なんだ、お前箱屋《はこや》なのか」

箱屋というのは芸者の付き人のことだ。子供のころから箱屋の見習いをするから、この状況にはちょうどいい。

「そうなんです」

榊は答えた。ここは花織に芸者になってもらっておこう。

「あのすごい別嬪はやっぱり芸者だったのか」

榊のあとから入ってきた客が感心したような声を出す。

「なんだよ。そんなに別嬪なのか」

「心が洗濯されるくらいの美人だぜ」

客たちが興味津々という様子を見せる。

「なんて芸者なんだ」

「花吉《はなきち》です」

「いい名前だな」

「ありがとうございます」

「で、なんでこんなところで風呂に入ってるんだ」

「じつは、うちの姐さん麦湯が大好きで。いい麦湯の店を探してるんですよ」

「あんなの味は変わらねえだろう」

「微妙に違うんだそうですよ」

「へえ」

「評判のいい麦湯を知りませんか」

榊の周りの客たちが考えこんだ。まあ、麦湯の味は確かに違わないだろう。だが、麦湯のことを考えれば、店の特徴くらいは思いうかぶに違いない。

「評判って言うかさ、少し変わった店はあるかもしれねえな」

「おう、白波《しらなみ》の麦湯だな」

「白波？」

「麦湯ってのは大抵看板娘がいるんだけどよ。そこは娘じゃなくて男が看板になってる店なんだ。それで白波の麦湯って言うんだよ」

「どんな人たちなんですか」

「役者崩れが集まって作ったって聞いたけどな。確かにいい男ばかりだから娘たちには人気がある」

その店は気になる。店をやっていれば男が群れていても自然だし、突然休みをとっても不自然でもないだろう。

「その店はどこにあるんですか」

「菰張芝居の建物の近くにあるさ。役者好きの連中が行くのさ」

「それよりもここの二階に花吉を呼べないか」

「銭湯の二階は無茶でしょう」

「玉代なら弾むぜ」

「ここには線香がないではないですか」

芸者の料金は線香を燃やして時間を計る。なので線香がなければ料金を決められないのである。

花織は妙に芸者に詳しくて、榊にもいろいろ語ってくれていた。そのおかげで榊は芸者に関しての知識をそれなりに持っている。

まさかこういったことを見越していたわけではないだろうが、今は助かる。

「とにかく聞くだけ聞いてみてくれないか」

「聞くだけならいいですが、玉代は本当に弾んでくれるんでしょうね」

「それは大丈夫だ。それに近々それなりの金が入るからな」

「何かあるんですか」

「おう。上等の反物を安く売ってくれる人がいてな。それをうまく売ると結構儲かるんだ」

「反物ですか？」

「おうよ。古着屋に売ってもいいし、呉服屋に売ってもいいんだぜ」

それはひょっとして盗品ではないのか、と榊は思う。

「ところでお前、両国は初めてなのか」

「はい」

「どうだ。騒がしいだろう」

「それもですが、空気が薬臭いです」

榊が言うと、男たちがどっと笑った。

「よそから来ると薬臭く感じるのかもしれないな」

「何かあるんですか」

「この辺りは朝に薬の市場が立つんだよ。そんなに長い時間じゃないんだけどな。そのせいで空気に薬の匂いが混ざるのさ」

「でも薬屋なんてなかったですよ」

「朝だけだからな。この辺りはみんな屋台だからよ。お互いに融通しあって商売してるんだよ。朝は薬屋だけど昼は野菜を売ってるなんてよくあることさ」

「麦湯は屋台ではないですよね」

「確かにそうだけどよ。この辺りは中身だけ入れ替えちまうことは多いよ。昨日は麦湯だったけど今日は酒。てのも珍しくない」

なるほど、盗賊の隠れ家としてはこの辺りは最適だといえるだろう。しかし、奉行所だってこの程度のことがわからないわけではないだろう。今まで捕まっていないとしたらもう少し別の工夫がありそうだ。

反物売りに何か秘密があるのかもしれない。

いずれにしても、今日のところは白波の麦湯を見た後で一度戻り、父上に相談してみるべきだろう。

「ところで皆さんは、どうしてこの時間に風呂に入ってるんですか。もう昼どきではないですか」

「俺たちは広小路で屋台を出しているんだ。別のやつに店を任せたり、今日は自分が出す予定じゃなかったり色々さ」

「お互い顔見知りなんですか」

「大体はそうだな。でも新入りが来てもあまり気にならねえな。ここは江戸っ子じゃない連中も商売のためにやってくるからな。人間だけじゃねえ。鯨《くじら》だって商売してたぐらいだ」

「どういうことですか?」

「今はいないけどよ。橋のたもとに鯨を飼っていたこともあるらしいぜ。見物客であふれてたそうだ」

そう聞くと、確かになんでもありという気がする。

「わたしはもうあがります」

風呂から出ようとすると、あらためて引き留められた。

「花吉をよろしく頼むぜ」

「わかりました」

いずれにしても花織に話すしかなさそうだった。

風呂場から出て、入口で花織を待つ。

花織は風呂から出るやいなや、榊に笑顔を向けた。

「お願いします。花吉さん。でしょう」

「何で知ってるんですか」

「馬鹿ね。銭湯っていうのは、噂話が聞ける程度の壁の薄さなのよ。だから同心が女湯に入るんじゃないの」

そういえばそうだ。ということは榊の会話は全て花織に聞こえていたということになる。

「それならいっそ話が早い。どうなんですか、姉さん」

「ちゃんとお願いしなさい」

「お願いします」

「ではこうしましょう。榊は外箱。蛍ちゃんが内箱ね」

「それはなんでしょう」

蛍が首をかしげた。

「外箱というのは料金の交渉をしたり、外回りのことをやる人。内箱は身の回りの世話を焼く人間ね。外箱は男で内箱は女がやることが多いからちょうどいいわね」

「本当に大丈夫かな」

「ここは両国だから大丈夫でしょう。他の地域の銭湯だと二階に女が入り込むなんてとんでもない話だけどね。両国は少々変わった場所だからお咎めはないと思う。ただし玉代は少しふっかけておこうかしら」

「どのくらい払ってもらえばいいのですか」

「そうね。六百文と言っておこうかな」

「けっこう高いですね」

芸者の相場は知らないが、職人の日当よりも高い。

「いいこと、榊。安い女にありがたみはないのよ。高いからありがたいの。たった六百文で来てあげたって思わせるのよ」

強気だとも思うが、女の価値という意味では姉にはそのくらいの価値は十分にありそうな気もする。

「ではそれで伝えてまいります」

榊は風呂屋の二階に上がった。

「特別に六百文でいいそうです」

「いいって、普通の倍じゃねえか」

「うちの姐さんは高いんですよ。嫌なら結構です。別にこんなところに来たいと思ってるわけではないですからね」

榊の本音でもある。こんな半裸の男だらけの場所に姉を連れてきたいわけではない。男たちが諦めてくれるならそれに越したことはなかった。

「いや、呼ぶ。六百文の女ってのを見てみたい」

値段が高いことがかえって好奇心に火をつけたらしい。二階にいた十人ほどの男たちは全員盛り上がっている。だが、一人だけ温度の低い男がいた。

年の頃は三十手前だろうか。がっしりとした体つきをしている。そして手の爪は少し歪んでいた。

どうやら菓子職人のようだ。

その男は全く興味がなさそうに一人で将棋をさしていた。もちろん男だからといって誰もが芸者に興味があるわけではないだろう。ただ、その男は他の客と少々雰囲気も違う。なんとなく誰かを待っているのではないかと思われた。

「では呼んで来るのでお金の方をよろしくお願いします」

榊は花織を呼びに行く。花織の方は番台に話をつけてしまっていたらしい。

「断られるって思わなかったのですか」

「わたしを目にしているなら必ず呼ぶわ」

どれだけ自信家なのだろう。半分呆れつつも頼もしい気持ちにもなった。

風呂屋の二階につくと、花織は両手をついて挨拶した。

「こんにちは。ごめんなさい」

それから笑顔になって辺りを見回した。

「花吉です。よろしくお見知りおきを」

「どこの芸者さんだい」

客の一人が声をかけた。

「柳橋《やなぎばし》ですよ」

柳橋、と言われて風呂屋がどよめく。柳橋といえば江戸一番の花街である。その代わり芸者の気位の高さも一流で、気に入らないとどんな座敷でも蹴とばしてしまう。

「柳橋の芸者がなんだってこんなところにいなさるんですか」

「今日は八犬伝の芝居があるというので見に来たんですけどね、この辺りに有名な銭湯があると聞いて立ち寄ったんですよ」

「そいつは俺たちがついてるな」

「と言ってもこんなところでは芸もできない。お酌でかんべんしてくださいな」

花織が言うと、客の方は大きく盛り上がった。柳橋の芸者の酌で酒を飲むなど庶民の身ではまずありえない。

「その代わりと言っちゃなんですが、こちらの榊がしばらくこの辺りにお邪魔するでしょうから可愛がってやっておくんなさい」

「それは構わねえが一体どんな用事でこの辺りをうろうろするんだ」

「同朋町に仕事を探しに行くんですよ」

「ほう。確かにそう言われれば見栄えの良い子供だな」

よりにもよって同朋町か。榊は心の中でため息をついた。同朋町は小規模だが陰間茶屋がある。つまり、榊は若衆としての仕事を探していることになったのだ。

確かにそう言っておけば怪しまれることはない。若衆は女の恰好で店に出ることも多いから、十三歳ぐらいが喜ばれる。

番太郎菓子で攻めようと思っていた予定は狂ってしまったが、この辺りに溶け込めるならなんでもいいといえた。

「これだけ顔立ちがいいならいくらでも可愛がってやる」

花織の酌で飲む酒の勢いもあって、男たちの機嫌はいい。

ここからどうやって盗賊の情報を手に入れるのがいいのだろう。

「まあ、若衆じゃなくても儲かればいいんですよ。これでも手先は器用でね。錠前づくりなんてのもできます」

草太郎のことを思い出してとっさにでまかせを言う。

「へえ。お前そんなことができるんだ」

「でも案外仕事はないんですよ」

「まあ、俺たちなんて錠前を使うことはないからな」

男たちはまるで反応しない。確かに長屋で暮らしているような人間に錠前というのは縁がない。

戸締りは大体心ばり棒で、これは自分が家にいないと意味がないから外出する時には鍵などない。

盗まれるものがないというのが一番の泥棒よけというのが長屋の住人の常識と言ってもよかった。

錠前が必要なのは、裕福な表長屋の商人か牢屋くらいのものだ。

「と言ってもまだまだ見習いで、本当に鍵を作ったことはないんですけどね」

そう言って笑ってみせる。どんな仕事にもその仕事に見合った手というものがある。鍛冶屋には鍛冶屋の手があるから、わかっている人に見られたら嘘が一発でばれてしまう。

ただ、錠前といえば誰かが反応するかもしれない。もしそれで盗賊に仲間になれと言われることがあれば、それが事件解決の一番の近道だろう。

榊も客に酌をしてまわる。

しばらくして、花織が立ち上がった。

「刻限です。これで失礼します」

なんの未練もなく立ち上がる。

「また会えるかい」

男たちに言われると、艶やかな笑顔を向けた。

「もちろんですよ。また呼んでやってください」

風呂屋を出ると、花織は甘酒屋から甘酒を三杯買った。

温まった体は随分と冷えていたから甘酒が美味しい。胃の中がふんわりと温まって気持ちが良かった。

「また寄らせてもらうわ」

花織はそう言うと先に立って歩き始めた。

「完全に姉さんに引っ張られてるな」

「嫌なの」

蛍が聞いてくる。

「そうでもないけど。姉さんといると男じゃなくて弟だからさ。同心見習いとしてようやく一人前になったと思ってるから少し悲しい」

「この事件を解決すれば榊の手柄じゃない」

「でもさ、何も起きてないんだよ。起きてないものを解決するってなかなか難しいと思うんだけど」

「だから見習いがやるんじゃない。万が一空振りでも痛くないでしょ」

「いかにも期待されてないって感じだけど、盗みを防げるなら何でもいい」

「そうそう。その意気よ」

「じゃあ私は芝居を見てくるからあとは二人で頑張って」

そう言うと、花織は榊に金を握らせてさっさと行ってしまった。

「六百文まるごとおいていったよ。姉さん」

「もらっておきましょう。困るものではないし」

「そうかな」

「予定通り麦湯売りを回りましょう」

「そうだな」

榊は両国を歩いて回ることにした。ほとんどが屋台である。むしろ店を構えている麦湯売りの方が珍しい。

「それにしても、四文でこんなにいろんなものが商売になるんだな」

「きっと家賃がいらないせいね」

蛍が現実的なことを言った。

よく見ると、麦湯売りにも種類があるようだった。普通に店を構えているものもあるが、屋台を店風に構えているものも多い。

火事があったときは全部取り壊されてしまう場所だけに、いつでも移動できるものにしているようだった。

「ここなら確かに盗賊が住みやすいな。でも、大半が善良な人だから、取り締まるのは結構難しいかもしれない」

「なぜ？」

「もしここに盗賊が住んでいたとなったら、ここの屋台が全部取り締まりの対象になるかもしれないじゃないか。お奉行様がどう思ったとしても、幕府が町ごと潰すならどうにもならない」

「確かにそうね」

「だから本格的な捜査をしたくない。俺のような見習いを使ってなんとなく事件を解決したいんじゃないかな」

最近、幕府に目をつけられた盛り場が次々と取り潰されている。これ以上庶民の楽しみを奪うようなことはやりたくないのだろう。

そう思うと榊の役目は案外重いが、やりがいがあるともいえた。

「さっき話に出ていた反物屋があやしいのかな」

「どうだろう。そんなに露骨なことをするかしらね。わたしはそっちの線はないような気がするわ。一応調べた方がいいと思うけど」

「確かにそうか」

言いながら歩いていると、また麦湯売りがあった。

「それにしても多いな。麦湯売り」

「手軽に開けるからじゃない。わたしたちも開く？」

「看板娘は？」

「わたし」

「やめておくよ」

「失礼ね」

蛍は少々むくれた顔をした。蛍は看板娘としては少し幼いが、あと数年経ったらきっと行列のできる看板娘になるに違いない。

それにしても、麦湯売りで生活できるなら盗賊をする必要はない気もする。捕まったら死罪になる盗みは、割に合わない気がした。

草太郎ともう一度話して出直した方がよさそうだった。

「一度帰ろう。草太郎さんと話したい」

「わかったわ」

蛍と並んで神田明神に戻ると、腹が減ってきた。

「何か食べたいな」

「お蕎麦でも食べる？」

「そうだな。さすがにきなこ棒では足りなさそうだ」

「千歳蕎麦はどうかしら。入ったことはないけど評判はいいみたいよ」

「松屋か。そうだね。入ってみようか」

神田明神の前に、松屋という蕎麦屋がある。入ったことがないから味の方はわからないが評判は随分いいらしい。

お金はあるから入ってみようと思い立った。幸い混んでいる時間ではないらしく、少し待ったがすんなり座ることができた。

「いらっしゃい。なににしますか」

「なにがいいんでしょう」

「千歳蕎麦っていうのが名物だね」

「ではそれをください。二つ」

「はいよ」

しばらく待つと、千歳蕎麦が出てきた。ごぼうをささがきにしてから天ぷらにしたものが載っている。

口に入れると濃いめの汁の味がごぼうの天ぷらとうまくあっていた。

「美味しい」

蛍が声をあげた。ごぼうは美味しいだけではなく結構腹に溜まるから、榊にとってもありがたい。

あっという間に食べてしまう。周りを見るとみなごぼうをつまみに酒を飲んでから最後に蕎麦を食べているようだ。

榊は酒を飲まないからその楽しみはわからない。

蕎麦屋から出ると、岡っ引きの秀が向こうからやってきた。

「榊の親分。少し収穫がありましたよ」

「どんな収穫だ」

「最近、日本橋の呉服屋、沢村の番頭が女に入れあげているようなんですよ。番頭のわりには金遣いが荒いらしいです」

「そうは言っても大店の番頭ならそれなりの給金はもらっているんじゃないのか」

「とんでもない。番頭に払う金なんて渋ってばかりですよ。もちろん店にとってどうしても必要な大番頭なら別かもしれませんが、何人もいる番頭の一人なら大してもらっちゃいませんよ」

「じゃあその金はどっから出てるんだ」

「思うに、みみずくの一味は、引き込みを送り込むのではなくて、内部の人間に金を食らわせて一時的に仲間にしてるんじゃないですかね」

草太郎の言うように鍵があれば引き込みがいらないとしても、内部に味方が一人もいないというのも心もとないだろう。

誰も殺さないのであればみみずくの味方をしたとしても心は痛まないかもしれない。

呉服屋の沢村にあたりをつけるか、あくまで盗賊の一味の方にあたりをつけるか悩ましいところである。

「どちらを優先した方がいいのかな」

秀に聞くと、秀は肩をすくめた。

「優先もなにもないですよ。沢村の番頭は女に入れあげているんです。親分は色街の捜査は無理でしょう」

すると、榊が麦湯、秀が番頭をあたるのがよさそうだった。

「いっそ盗賊の仲間になれるといいんだけどな」

「それはいいかもしれませんね」

秀が賛成した。

「そう簡単ではないだろう」

「いや、どうでしょう。思ったよりも簡単かもしれやせんぜ」

「どういうことだ」

「盗賊って稼業もせちがらくってね。最近じゃ仲間が足りなくて困ってる連中が多いんですよ」

「どういうことだ。盗みは増えてるくらいだって聞いてるけど」

「儲からないから増えるんですよ。なんせ捕まったら死罪でしょう。だから大きく盗賊団を組んで小銭を盗むんです。結果として盗みは増えるけど儲けは減ってる。金のないところに人は集まらないから人手不足なんです」

話を聞く限り、それなら盗賊などしない方がいい気がする。

「でも、さすがに子供すぎないか。俺は」

「まあ、麦湯売りの話題が本当なら、声がかかるかもしれやせん。風呂場で錠前の話をしたのは上出来です。あとは草太郎から少し手ほどきをしてもらうといいでしょう」

それから、秀は榊の右手をとると、裏表をしげしげと見た。

「旦那の手は少し綺麗すぎますね。火傷の痕もないし、傷もない。剣術でできたタコはあるけど職人の手ではないですね」

「これではすぐにばれるだろう」

「草太郎に聞いてみましょう」

「どうやって」

「草太郎の住んでいる長屋ならもう調べてありますよ」

いつのまにか様々な手配が済ませてある。秀にしても佐助にしても本来は榊ごときにつくような経歴の持ち主ではない。

奉行の遠山金四郎の考えで榊を補助してくれているのだ。榊が自分の力で解決できるようなことはまだない。

そこは勘違いしないことが大切だ。

「遅れました」

佐助があらわれる。

「どうして俺のいる場所がそんなに簡単にわかるんだ」

「そいつは聞きっこなしですよ」

佐助がにこにこと笑う。

「そんなことよりも長屋に行きましょう」

「蛍はどうする」

「もちろん行くわ」

蛍があっさり返事をする。実のところ、榊は長屋に足を踏み入れたことがないから、蛍が来てくれるとほっとする。

長屋は町人の空間だから、武士は足を踏み入れない。事件があったとしても長屋の中に入るのは岡っ引きで、同心は入らないことが多い。

だから榊としては今日は長屋初体験ということになる。

長屋の入口に着くと簡単な門があって上の方に表札がかかっている。長屋に誰が住んでいるのか一目で分かるようになっていた。

中に入ると最初に店があった。野菜を扱っているようだ。

「八百屋があるんだね」

「なんでも行商が来るわけじゃないんでね。八百屋だけは長屋の中にあることもあるんですよ。八百屋と言っても漬物や味噌も扱ってるから、ここでの買い物だけで一日過ごすこともできます」

さらに奥に進むと、家の中から子供が飛び出してきた。五歳ぐらいの子供が三歳ぐらいの子供の面倒を見ている。

「おじさんたち、なにしに来たの」

「草太郎さんて人に会いに来たんだ」

「またか。あの人友達多いね」

「そんなに人が来るのかい」

「最近は毎日かな」

どうやら誰かが毎日草太郎を訪ねているらしい。盗賊の仲間が改めて草太郎を誘っていると思われた。

草太郎の部屋に行くと、一人で畳の上に寝転がっていた。布団はきちんとたたまれて部屋の隅に置いてある。

「殺風景な部屋だね」

佐助が声をかけた。

「あんたか。岡っ引きも一緒だな。旦那もかい。いくら見習いといってもこんな長屋にお武家さんが足を踏み入れるもんじゃないぜ」

「今の俺はただの子供だから気にしないでくれると助かる」

「それで何の用事なんですかい」

「最近来てる客は盗賊なのかい」

「よくご存じで。鍵を作る職人が見つからないらしいんでさあ」

「榊の旦那を盗賊の仲間に入れてやっちゃくんないか」

秀が言う。

「どういうことですかい」

「鍵職人として盗賊の中に紛れ込んで盗みを防ぎたい」

榊が言うと、草太郎は呆れたような顔をした。

「ばれたら殺されちまいますよ」

「その時は運がなかったと諦めるさ」

「なかなか度胸がすわってるねえ。しかし、それが言うほど簡単じゃねえですよ。俺だって仲間の顔はほとんど知らないんだ」

「どういうことだ」

「お互いが他人だから今まで捕まらずに来たんですよ」

「でも、つなぎはとるんだろう」

「その一人だけがわかっていて、あとは全員頭巾をかぶっているからわからねえんですよ」

「同じ仕事をしてもあかさないのか」

「そうです」

そのくらい用心深いからこそ長年捕まらなかったのだろう。もし一人が捕まったとしても本当に仲間の事を知らないのだから口の割りようがない。

なるほど、と榊は納得がいった。その方式だと新しい仲間を簡単に迎え入れるのも難しい。誰かが密偵として潜り込んでもわからないからだ。

「まっとうに盗賊をやってきたのに今さらどうして血を流そうとするんだ」

「ですから二代目ですよ。息子がしゃしゃり出てきて親分はすっかり変わってしまったんです」

「他の人は意見しなかったのかい」

「しましたよ。でも親分が俺を裏切るのかって怒るんです。今まで散々世話になってるからみんな黙っちまったんですよ」

たとえ覆面の付き合いといっても長い時間に培った情はあるのだろう。

「それでな。旦那をあんたの弟子ということにできないか」

秀が言う。

「錠前作りってのは年季が要るからなあ。そうだな。型取りだけ教えるって言うのは一つの方法かもしれねえな」

「型取り？」

「型取りっていうのは錠前の型を蠟でとることさ。これは慣れるまでは早いがそれでも数日ってわけにはいかねえな」

「いや。それはやめておこう」

榊は断った。草太郎の手はやはり職人の手で、長い時間をかけて作り上げてきた手である。捜査のためといっても付け焼き刃で職人を名乗るのは無礼なことのような気がした。

それよりも、お互いを知らないという事の方が犯人をあぶり出すのにちょうどいいと思われた。

「秀さんは呉服屋の番頭の方を調べてくれ。引き込みがいるとしたらそれは重要だ。草太郎さんは、もしまた誘われたらなんとなく気のあるフリをしてもらえるかい」

「構わないけど」

草太郎が言う。

「それと、仲間に両手の爪がおかしくなっている人はいなかったか。何と言うか少し溶けたような感じの爪の人なんだが」

「それはいたな。親分じゃねえけどよ。結構な古株のやつに一人」

だとすると、和菓子を作っている盗賊が一味にいるということだ。榊の予想が正しいなら、一味は麦湯を売ったり和菓子を作りながら、両国で情報を集めて盗みを働いているに違いない。

「では、その手筈でよろしく頼む」

榊は頭を下げると、草太郎の長屋から引き上げることにした。

「そろそろ同心に戻りますか」

長屋を出ると、おとなしくしていた佐助が声をかけてきた。子供のふりをするために同心の格好をしていなかったが、今日のところは同心に戻ってもいいかもしれない。

せっかく同心見習いになったというのに全然同心の格好ができないというのは寂しいことである。

「そうしよう」

佐助が、持っているはさみ箱から着替えを出してくれた。小者がついてくれるようになると荷物を全部持ってもらえるのでありがたい。

同心というのは一目でそうだとわかる格好をしている。履物も雪駄と決まってい て、金属の留め具がジャラジャラと独特の音を立てる。

雪駄ジャラジャラというのが同心の一つの象徴である。羽織もそうだし刀の差し 方もそうだし全身が同心を表すようにできていた。

確かに便利ではあるが遠くからでも同心が歩いていることがわかるので、捜査に は向かないような気がする。

要するにかっこいいから着ているというところだ。

「その格好になると榊でも同心らしく見えるわね」

蛍が楽しそうに笑った。

「どんな格好してても俺は同心だよ」

言いながら木戸番の方へと向かった。そろそろ日が陰ってくる頃だから木戸番に は芋を焼く香りが漂っていた。

夕方になると木戸番の周りは武士の姿が多くなる。裕福でない武士にとって焼き 芋は大切な夕食である。

神田明神の辺りは大名屋敷はそれほど多くはない。なので地方からやってきた勤番侍の姿はあまりない。その代わり旗本の次男や三男の姿が多かった。

武士に交ざって子供の姿もあるが、そろそろ家に帰るといった様子だ。秋になると昼間の時間が短くなるから、子供が帰る時間も早くなる。

子供にとっては夏の方が遊ぶ時間が長くて楽しいものだ。

粟太と小麦がそろそろ帰る様子を見せている。長屋の子供は大抵子守をしているのだが、この二人はたまたま下に兄弟がいないから楽しく遊べるのだ。

「そろそろ帰るのか」

二人に声をかけながら、函太郎の方を見る。

「親父さん、豆板二つください」

「あいよ」

受け取った豆板は二人に渡すためのものだ。豆板は文字通り豆を固めて作った板で、歯ごたえと甘味がいい。

「これをあげるから、明日から少し手伝ってくれないか」

「もちろん」

粟太が嬉しそうに、小麦も喜びの表情を見せた。

これで盗賊退治の準備ができる。

榊は自信を持って二人に豆板を渡したのだった。

「みみずくの一味って知ってる?」

粟太が言った。

「盗みをたくらんでいるらしいの」

小麦があとに続いて言う。

両国広小路の菰張芝居小屋の近くである。

「へえ。みみずくが」

屋台で物を売っている連中が思わず反応する。

「捕まったことない盗賊らしいよ」

小麦が言うのを聞きながら、榊と蛍はゆっくりと後ろをついていく。

「随分なことを考えたわね」

蛍が呆れたように言った。

「きなこ棒で相手を追い詰めるって言ったじゃないか。俺は口からでまかせなんて言わない男なんだ」

「言った時はでまかせでしょ」

蛍がくすくす笑った。

「でもこれは効果があると思うよ。なんせ相手は江戸っ子だからね」

榊は子供たちにきなこ棒を渡して、その代わりに両国の屋台でみみずくの一味が近々盗みを働くという噂を流すことにした。

あちこちの木戸番に集まる子供たちにきなこ棒を渡して噂を流して回るのである。そうしてもし咎める大人がいたらどんな大人だったのかを報告してもらう。

「盗賊の側からすると結構嫌だと思うよ。自分たちが盗みを企んでるっていうのが町の噂になってるっていうのはね」

「まったくね。しかも噂をまいているのは子供だからみんな咎めたりもしないしね」

もし大人だったら、いい加減なことを言うなという話になる。しかし子供の噂なら「子供だから」ですんでしまうのである。

この噂は盗賊の耳にも当然入るだろう。相手が警戒をして盗みをやめるのならそれに越したことはない。

だが、意地になって強行するなら必ず綻びの出る犯行になるだろう。今のところはゆったりと待っていればいい。

「それにしても両国というのは腹の減る場所だな」

榊がついつぶやいた。

「榊がよく食べるだけじゃないの」

「仕方ないだろう。育ち盛りなんだから」

しかも、両国は何でも四文で食べられるから、手軽でつい食べ過ぎてしまうのである。

「ちょっと玉蜀黍《とうもろこし》買ってくる」

そう言うと、榊は玉蜀黍の屋台に向かった。

「炒り玉蜀黍ひとつ」

「あいよ」

白い玉蜀黍を鉄鍋で炒りつけるとポンポンと弾けていく。小気味良い音といい香りが辺りに漂った。

読売の紙をまるめて作った袋に玉蜀黍を入れて塩を軽く振る。そうして榊に渡してくれた。

まだ熱い玉蜀黍を持って蛍のもとに帰る。

「ただいま」

「最近これ好きなのね」

「美味しいよ。けっこう腹にたまるし」

「それが基準なの？」

「当たり前じゃないか」

言いながら口にいれる。炒った玉蜀黍は香ばしい。かすかな甘味と塩の加減が癖になる美味しさだった。

「今日で七日。まだまだ変化はないわね」

「最初に入った麦湯売りは、なんだか仲良くなっただけだしね」

最初に疑った麦湯売りとは、馴染みになってしまっている。怪しくないわけでもないがなんとなく違う気がした。

「調べてるんだか散歩してるんだか逢引なんだかわからないようなことしてるのね。逢引なら私としましょうよ」

後ろに、姉の花織と、親友の紅子が立っていた。

「姉さん、どうしてここがわかったのですか」

「榊は頭が悪いのね。みみずくの一味が盗みを企んでるって言って回っている子供たちがいるとなったら、真ん中にいるのは榊に決まってるじゃない」

「それはいいけど、なぜ姉さんが出てくるんだ」

「あんたがだらしないからに決まってるじゃない。そろそろ決着をつけないと両国に迷惑がかかるでしょ」

「迷惑？」

「盗賊が潜んでるって噂をこれだけばらまいたら、奉行所だって動かないってわけにはいかないいじゃない。この通りを潰す気なの」

確かにその通りだ。大っぴらにしないために榊が動いているのに、榊自身が噂の元になったのでは元も子もない。

「どうしよう」

「聞きたいの？」

花織が言う。ということは姉としてはこの問題に対しての解決策を持っているということになる。榊が思いつかなければ教えるつもりなのだろう。

「今日一日待って下さい。それで駄目なら相談します」

「そう。だらだらと逢引をしているのでないなら構わないわ」

花織が上からかぶせるように言う。

「逢引が楽しいならそれもありじゃないかしら」

からかうように紅子もかぶせてきた。

わざわざ二人で出張ってくるからには、榊のやり方に見落としがあるのだろう。いままで放置していたなら、全部が間違っているわけではないということだ。なにかが足りないという謎かけである。

やれやれ、と榊は思う。

悔しくないと言えば嘘になるが、ここでがんばらなければ前には進めない。それにしても姉はできすぎだろう、と思う。

どういう形で解決方法を考えたのだろう。

「じゃあ、一日あげるわ」

そう言うと、花織は去っていく。

「相変わらず凄いお姉さんね。なんだかもう事件を解決してる勢いだけど」

「うん。多分」

「あんなお姉さんだと大変ね」

「すごいよね。姉さんは。でも負けない」

「そうね。少し整理しましょう。榊に見えてなくて、お姉さんに見えてるもの」

「うん」

榊はため息をついて、あらためて考えることにした。

★

「考えるって言いながらなんで団子食べてるの」

「おなか減ったから。それにこれはただの団子じゃない。大人味だ」

「意味がわからないんだけど」

蛍が少々腹をたてた声を出した。

「これは味噌を酒でねって味を整えたものだからな。どちらかと言うと酒のつまみにいいらしいよ。人気だからすぐ売り切れるんだ。今日は運が良かった」

「いつもはもっと早く売り切れるの」

「そうさ。だからみんな昼前には並んで買ってくのさ。他の団子屋はいつ行っても買えるからまずはこの店に並ぶらしいよ」

「刻限が切ってあれば、それが目安になるからね。売り切れるという気持ちがかえって売上を増やしていくってことね」

「まあどんな商売でも買えないとなると欲しくなるんだろうね」

言ってから、ふと思う。

「盗みに入りますよ」という噂だけでは、ただの噂だ。みみずくも息をひそめていればいい。だが、もし刻限を切って、「いつ盗みを働きます」と言ったらどうだろう。もしその日に盗みが行われなかったら「噂におびえて逃げた」ということになる。江戸中の笑いものになるだろう。

誇りがあるならそれには耐えられないだろう。

つまり、こちらで盗みの日を、もしかしたら場所も作ってしまえばいい。盗賊としては愚かな冒険をせざるを得ないということになる。

少なくとも日時をこちらが決められるなら、捕縛できる可能性は高い。

「そうか。刻限か」

「どうしたの？」

「盗賊が盗みに入る日をいれて噂を流せばいいんだよ。そうしたら、盗賊としてもその日に入らないわけにはいかないじゃないか」

「いくらなんでもそれは避けるんじゃないの」

「いや、盗賊にも意地というものがある。あえてその日に盗みを働くだろう」

「それが意地なの。なんだかバカみたいね」

「盗賊とはそういうものさ」

榊は前を行く小麦たちに声をかけると、すぐに噂の内容を変えた。半月後に押し込むということにしてそれを噂にすることにした。

「これで大丈夫だろう」

「お姉さんの謎かけはこの一つだけだったのかな」

「どういうことだ」

「逢引を楽しんでというのが気になるのよ」

「単なる嫌がらせじゃないのか」

「わざわざそんな嫌がらせをしてくるような人ではないと思うの。紅子さんが榊を狙っているとでもいうなら別だけどね」

「それはないと思うけどな。そもそも逢引になんの謎があるって言うんだ」

それから榊は改めて訂正した。

「それに逢引なんてしてないぞ。お務めだろう。勘違いも甚だしい」

「そうね。単なるお務めよね」

蛍はあまり感情のこもらない声で返事をした。

「でも、それなら草太郎さんを説得して鍵を作ってもらった方がいいんじゃないの。準備ができなかったらいくら盗賊でも仕事をしないでしょう」

確かにそうだ。そこは草太郎に相談してみよう。

なんとか糸口が見つかってほっとしたが、姉の口添えというところが気にはなる。

今日の夕げの時に、花織と話そうと思ったのだった。


そして。


「姉さん、話があるんだけど」

「私はないわ」

「でも」

「ない。いいこと、私は捜査に口を出すけど、事件を解決したいわけじゃないのよ。榊をいじり倒したいの。だから事件は榊が解決しなさい」

花織はきっぱりと言った。

「自分の感覚を信じなさい。そして実行するのよ。安心しなさい。榊がどんなに失敗しても人が死ぬことはない。今回は人を殺さない相手だからね」

「わかった」

「火盗改も出てこないから安心して」

「でも俺は盗賊を捕まえることはできないよ。弱いから」

「そこは岡っ引きに任せればいいわ。気にしなくていいわよ」

確かにそうだ。同心といっても南町奉行所の定廻り同心は六人しかいない。手が足りない部分は大体岡っ引きに任せているのだ。

だから岡っ引きが充実しているなら榊でも十分捕物を行うことができる。

後は気持ちの強さということになる。

「姉さんは俺がこの役目をできると信じてくださっているのですか」

「あまり信じてないわね。できるといいなと思ってるけど。榊のいけないのは、真面目で大口を叩かないところ。小さくまとまった男になっちゃだめ」

「心がけます」

「じゃあ一緒にお風呂に入ろうか」

「何でそこなんですか」

「男の修行はそこからじゃないの」

「それだけは違います」

「まあいいわ」

そう言うと花織は食事を出してくれた。父は奉行所の用事で遅いらしい。母の方も何やら町内で会合があるようだ。

「今日はこれよ」

花織が不思議な料理を出してきた。大根の皮を薄く切ってさらに刻んである。それから鯖の皮だけを焼いたもの。

味噌汁の具は油揚げであった。

「これは何ですか」

「皮だけあって中身のない榊のための特別料理よ。しっかり食べて頑張りなさい」

叱咤といってもなかなかに厳しい。毒舌料理といったところだろうか。

苦笑しながら箸を伸ばす。

鯖の皮はパリッと焼けていて、口に入れた瞬間に脂の味と香りがした。身とは違う旨味が口いっぱいに広がる。

「皮だけ食べると別の美味しさがあるでしょ。身にくっついてると皮の旨味はかえって分からなかったりするわよね」

どうやら毒舌ではなく、見習いだからといって縮こまらずに胸を張れという料理だったようだ。

鯖も皮だけ食べると普段とは別の旨味がある。身はなくとも、脂の旨味には格別のものがあった。醤油と山椒《さんしょう》と七味唐辛子で味をつけてあった。甘味のない醤油が、皮にはよくあっているようだ。

「ありがとうございます。姉上」

「別にあんたのためにやってるわけじゃないわ。私には私の都合があってやっているんだから気にしなくていいわよ」

「わかりました」

いずれにしてもやることはもう決まっている。榊は食事をすっかり平らげるとさっさと寝てしまうことにした。

そして翌日。

榊は函太郎のいる木戸番に行くと、子供達に手早く指示を出した。

みみずくの一味は、十月の五日に日本橋の呉服屋に押し入る、という噂を両国中に広めることにしたのだった。

「それにしても、噂で犯人を追い込むってのはなかなか良いね。しかも噂を流すのが全員子供っていうのは盗賊にとっては結構嫌だろうな」

函太郎が面白そうに口を挟んできた。

「うまく乗っかってくれるといいんだけどね」

「そうだな。だが盗賊も商売だからね。どうやって裏をかくのか考えるんじゃないかな。罠を掻い潜って盗むのも面白いと思うかもしれないよ」

確かに函太郎の言うこともわかる。こちらが五日と言うなら、例えば四日に盗みを働いてこちらの裏を掻くというのはありそうだった。

だとするとむしろ四日に網を張るのはいいかもしれない。

それを話そうと思ってふとやめる。木戸番は噂話の場所でもある。もし四日というのが賊に伝わってしまえば何もかもおしまいだ。

少々函太郎に話しすぎているかもしれない。といっても長い間世話になっている函太郎くらいには話しておきたくもある。

「榊も噂を広めるのかい」

「俺は麦湯売りの様子を確かめるさ」

榊の考えは、噂を聞いた盗賊たちは一時的にどこかに身を隠すのではないかというものだ。盗みの当日まで商売をしているということはないだろう。

だから突然店を閉じた麦湯売りがあたりである。

「お。きなこ棒の坊やじゃねえか」

菰張芝居小屋のそば、通称白波の麦湯の前に蛍と向かうと、店の中から声をかけられた。役者崩れの連中がやっている店で、両国で唯一、看板娘ではなく看板役者が立っている店だ。

いつのまにか榊はすっかり覚えられたようだった。

「きなこ棒の坊やはないでしょう」

「だってお前、いつもきなこ棒かじってるじゃねえか。なんでも売ってる両国の中できなこ棒かじってるのは多分お前だけだよ」

「確かになんでも売ってますけど、全部四文でしょう。このきなこ棒は一文です」

「なんだよ。けち臭い野郎だな。お前ならうちの店で働いても稼げるぜ。稼いで美味いものを食えよ。だいたいいつれの女にも番太郎菓子ってのは、男としてなしだろう。せっかくの逢引が台無しじゃねえか」

「全くですよ。もう少し説教してあげてください」

蛍が言う。

「ところで最近不景気なんですか。ここらで麦湯売りが店を畳んでいるって聞きますよ」

「何軒か畳んだらしいな。だが景気のせいじゃねえだろう。この辺りの売り上げが落ちたなんて話は聞いたこともねえ。全然別の事情じゃねえのか」

やはり思った通り、噂の効果はあったらしい。ただこの段階でもう店を閉じているとなると、江戸から逃げる準備と思った方がいい。

もしかしたら盗みを辞めて逃げるのかもしれない。

少し手回しが良すぎるところが気にはなる。

どこか本拠地を決めて集まっているのかもしれない。だとすると鍵はどうするのだろう。もう草太郎から手に入れたのだろうか。

そうでないとしたら草太郎の身が危ないかもしれない。誘拐して無理やり鍵を作らせるということは考えられそうだった。

「草太郎さんの長屋に行こう」

「どうしたの」

蛍が聞いてくる。

「草太郎さんが危ない気がする」

「だったら一人で行って。わたしがいると足手まといだから。函太郎さんのところで待っているわ」

「分かった」

榊は答える。確かに榊と蛍では、急いだ時の足の速さはかなり違う。同心というのは一日の大半を歩いて過ごす。そもそも江戸の六分の一を歩くのである。

多ければ一日に十里も歩くことがある。蛍の倍以上の速さで歩くのだ。

草太郎の長屋にはあっという間についた。長屋に飛び込むと、草太郎は畳の上に転がってうめいていた。

どうやら怪我をしているらしい。

「大丈夫」

助け起こすと草太郎は苦しそうな様子ながら笑顔を作った。

「大した怪我じゃありませんよ。怪我をさせちまうともう何も作れなくなりやすからね」

「それで作ったのか」

「作りましたよ。どんな錠前にも合わない特製の鍵ですがね。奴ら現場で大慌てでしょう」

「そんなことをして報復されないのか」

「旦那が捕まえてくれりゃあ大丈夫です。一味を全部しょっ引いてください。そうじゃないと俺は殺されちまいますよ」

草太郎がおどけた口調で言った。

「分かった。必ず捕まえてみせる」

なにはともあれ、骨が痛んでいないのなら、休んでいればなんとかなるだろう。

いずれにしても怪我を治すには膏薬を塗るか休むしかない。

長屋から出て木戸番に向かう。蛍はまだ着いていないようだった。

「何か買うかい」

函太郎が声をかけてくる。

「今日はなんだか番屋が騒がしいみたいだね」

「ああ。ケチなこそ泥が捕まってね。一応ひき渡そうということになったのさ」

盗賊と違って泥棒ぐらいなら役人に渡さずに町内で袋叩きにして済ますこともある。奉行所も忙しいから街の人間で解決できそうなことはした方がいい。

表長屋の商家を襲うならともかく、長屋に泥棒に入るようなやつは大した罪にもならない。

金を盗めるならともかく、ふんどしの一枚も盗めたら上等というのが長屋である。

「しかし、こんなところで何を盗んだんだ」

「米ですよ」

「何で米なんて盗んだんだ」

「それがね。盗まれた吉蔵も悪いんですよ。わざわざ仙台米のいいやつを買ったなんて自慢して回ったからやられたんです」

「仙台米か」

江戸っ子は米にはうるさい。どこでとれた米なのかによって売れ行きは全然違う。米にも番付表があって、一番は仙台米である。

普通の米より高いから自慢したくなる気持ちはわかるが、それに腹を立てて盗みに入る人間が出るのもわからないでもない。

「でもそれぐらいなら袋叩きではないのか」

「盗んだ野郎はちょっと手癖が悪くてね。米だけじゃなくて味噌や醤油、酒なんかもちょくちょく盗んでやがるんですよ。それで今回ばっかりは役人に突きだそうってことになったんです」

「何度もやってるのなら仕方ないな。叩きくらいにはなるんだろう。そうすれば反省はしそうだな」

叩きというのは文字通りたたかれる刑のことで、竹の鞭を使って叩く。五十回と百回の刑があり、町人の喧嘩などで使われる。

大の大人でも悲鳴を上げて泣いてしまう。背中を中心に叩くと死んでしまうこともあるので大体尻をたたかれる。しばらくは真っ赤に腫れ上がって座ることもできない。

その上で公衆の面前で恥を晒すから、刑を受けた者は大抵引っ越していってしまう。

「どうしてくだらない盗みをするんでしょうね」

函太郎が少し腹を立てたような声を出した。榊はその声色に少々疑問を感じた。一体どの目線で腹を立てているのだろう。木戸番として泥棒を憎んでいるというようなものでもない。被害者に同情しているわけでもない。

むしろケチな泥棒を不愉快に思う盗賊の目線に思われた。

そういえば、草太郎はみみずくの親分の正体に関しては知らないようだった。もしも函太郎が盗賊だったとしたらどうだろう。

神田明神のそばの木戸番である。同心の動きに関しても様々な情報が入ってくるだろう。それこそどこの見回りは手薄なのか。岡っ引きの動向も含めて知ることができる。

疑われることもまずない。

盗賊が疑われるのは、賭場に出入りしたり女を買ったり、派手なことをするからである。もし地味に暮らすのであればなかなかばれないだろう。そもそも地味な盗賊というのが想像の中にない。しかし、みみずくの一味は誰も彼もが地味にまっとうな仕事を持っているような気がした。

何のために盗賊をやっているのか全くわからない。

草太郎にしても盗賊の分け前に関して派手に使っている様子はない。だとすると木戸番の函太郎がみみずくの一味という可能性もあった。もちろん榊のたわいない想像かもしれないが。

「待たせたわね」

蛍が戻ってきた。

「結構待った。おかげで腹が減ったよ」

「そんなに待ってるはずがないじゃない。わたしだって急いで来たんだから。それに待っていたとしても今来たところって言うべきなんじゃないの」

「だって腹が減ったからな」

「さっきまで散々食べてたじゃない。まだお腹空くの」

「空くね」

「呆れた。じゃあ何か食べに行きましょう。榊のお金で」

「俺が払うの？」

「付き合ってあげてるのはわたしの方なんだから、お金を払うのは榊の方でしょう」

「まあ、それはそうだな」

榊が答えると、蛍は嬉しそうに言った。

「じゃあ、蘭麺《らんめん》にしましょう」

「お前、人の懐だと思って普段食べられないものを食べようと思ってるだろ」

「いけない？」

蛍が胸を張った。

「いけなくはないけどな」

蛍を連れ回していることに違いはない。蘭麺くらいはご馳走しても然るべきだ。

蘭麺は、長崎からやってきたそばである。麺の中に卵が練りこんであって色が黄色いのが特徴だ。

そば粉ではなくて小麦粉だから、言ってしまえば卵でできたそうめんというところだ。大きく違うのは少々砂糖が使ってあって甘いらしい。

そばにカステラの手法を用いたというのが売りらしい。

どうしたら蕎麦とカステラを合わせようと思うのか全くわからないが、神田明神に来る客には人気であった。

嶋屋という店は、先日蕎麦を食べた千歳そばのすぐ隣にある。蘭麺の方がやや高いので榊は入ったことがない。

店に入ると中はほぼ満席であった。座ると店員が品書きを持ってくる。大抵の店では品書きは壁に貼ってある。だからわざわざ持ってくるということは、選ぶのに時間がかかるということかもしれない。

品書きを開くと、蘭麺とあり、温かいものと冷たいものの二種類だった。その他に天ぷらやかまぼこなどが並んでいる。

上に載せる具材が選べるようだった。

「なかなか面白いわね」

蛍が言う。

「蛍が言ってるのは店員のことか」

「よく見てるじゃない」

「これでも同心見習いだからな」

店に入った瞬間に、店の人間に対しての違和感があった。両国からいなくなったはずの麦湯売りが数人働いていたのである。

これは相当不自然だ。

何食わぬ顔をして食事をすることに決めた。

「俺は冷たい蘭麺にする」

「わたしはバカガイの天ぷらと茄子の天ぷら。それからタコの天ぷらも」

「なんだよそれは。食べ過ぎじゃないのか」

「榊は食べないの」

そう言われては仕方がない。榊も同じものを頼むことにした。

この三つは安くて味がいい天ぷらだねである。屋台で食べる天ぷらよりも蕎麦屋で食べるほうがやや質が高い気がする。

店の人間を呼んで頼む。

「麺は大盛りにしますか」

「頼むよ」

店の人間が引っ込むと榊は小声で言った。

「函太郎さんがみみずくなんじゃないかと思う」

「何か理由があるの？」

「ない」

実際根拠があるわけではない。なんとなくとしか言いようがない。

蛍の方を見ると、蛍は頷いた。

「分かった。その線で考えましょう」

「俺の言葉を信じるのか」

「当然でしょう。今はあなたがわたしの親分なんだから。榊が黒と言ったら黒というのを信じる」

「ありがとう」

たとえそれがお世辞だったとしても、不安な時に信じると言ってもらえることほどありがたいことはない。

「ではたわいない話をして店を出ましょう」

「そうだな」

いずれにしてもこの店では迂闊な話はできないだろう。

しばらくすると蘭麺と天ぷらが運ばれてきた。

天ぷらと麺は同じつゆで食べるらしい。

つゆを一口舐めてみると普通の蕎麦よりやや塩辛い。天ぷらをつけて食べるほうがあっているような味だった。

「これ本当に甘いのね」

蛍が驚いた声を出す。

食べてみると麺は確かに甘い。濃い味のつゆには合っていた。タコの天ぷらを食べるとタコの旨味が口の中にぎゅっと押し出されてくる。

タコの旨味が消えないうちに麺を口の中に入れると、甘さと塩辛さが口の中で混ざり合って何とも言えない旨みになる。

癖になる味としか言いようがない。

あっという間に食べ終わってしまう。榊は酒を飲まないが、飲む人間ならもっと楽しめるかもしれない。

店の中を見渡しても大半の人間が飲んでいた。

まだ明るい時間なのにお構いなしである。

料金を払って店の外に出ると、どこかから視線を感じた。

見張られていても全然不思議ではない。この場合はかえって好都合と言えた。

榊は右手の人差し指を一本立てた。

それから何食わぬ顔をして話し始める。

「盗賊にも意地というものがある。だから罠とわかっていても五日に押し入るに違いない。そこをがっちりと捕まえればいいさ」

「案外頭は悪いのかもしれないわね」

蛍がやや挑発的な口調で言った。どうやら榊の意図を理解して芝居に付き合ってくれているらしい。

榊はたわいないふりをして盗賊の悪口を言いながら歩く。

「旦那。ここにいたんですね」

佐助が現れた。

「相変わらず見つけるのがうまいな」

「旦那の小者ですから。いつだって寄り添えるようにしてるんです」

榊が目配せをすると佐助が笑顔で頷いた。

「旦那が何をしてたって守れるようになってますから、安心してください」

どうやら佐助も榊を見張っている人間がいることに気が付いているようだった。

なるべく会話を聞かれないようにすることが大切なようだ。

榊の考えとしては、盗賊は、前日の四日に押し入って榊たちの裏をかこうとしているのではないかと思う。

だから四日の方を本線にして張り込むのがいいと思われた。

そうは言っても榊には岡っ引きを手配する力はない。

「佐助は岡っ引きを手配することはできるのか」

「もちろんでさ。旦那が望むならなんだって手配しますよ」

「じゃあ頼む」

榊は頭を下げないように気をつけながら言った。

迂闊に小者に頭を下げるのはよくない。

後は当日を待つだけとなった。

★

その日は小雨が降っていた。

盗賊にとっては雨の日は仕事がしやすいという。雨の音で足音がかき消されてしまうかららしい。

榊は日本橋の呉服屋、沢村家の近くで待機していた。佐助と秀が集めてくれた岡っ引きは六人もいる。捕り方となる小者も六人いた。

この大所帯なら盗賊を十分に取り押さえることができる。

「そういえば花織さんがいないわね」

蛍が不思議そうに言う。

「立ち会いそうな気がするのに」

「今日は用事があるらしいよ」

直接捕物に立ち会う気はないのだろう。ここまで来れば榊だけでもなんとかなると安心しているのかもしれない。

「どうやって踏み込めばいいんだろう」

榊が言うと秀が安心させるような笑みを浮かべた。

「釣りのようなもんですよ。盗賊が家の中に入って仕事を始めてからゆっくりと御用にすればいいんです」

「分かった」

榊はじっと待ち続けたが、結局盗賊は来なかった。そのまま朝になってしまった。

「やはり明日なのかな」

「明日も張り込んでみましょう」

秀が言う。

「そうだな」

榊は気を取り直すと、翌日を待つことにした。

そして翌日。

やはり誰も来なかった。

「完全に失敗だ」

さすがに絶望感が胸を襲う。

「もう一日粘りましょう」

「そうだな」

そして、何事もなかったかのように七日の朝が来たのだった。

「やっぱり見習いだな」

岡っ引きたちが口々に悪態をついた。

「暇でもねえのに無駄足踏んじまったな」

榊としてはどうしようもない。榊の読みは完全に外れたということだ。函太郎が盗賊だというのも勘違いだったのだろう。

重い足を引きずって神田明神にいくと、いつものように函太郎が迎えてくれた。

「今日は随分としけたツラをしてるじゃないか」

「大しけだよ。大失敗だ」

「盗賊は捕まらなかったのかい」

「かすりもしなかった。岡っ引きの連中にも見習いなんかを信じたのが悪かったって言われちゃったよ」

「気にしちゃだめだよ。まだ若いんだし。失敗することだってあるだろう。今回は盗賊が上手だったたっていうことだね」

「まったくだ。俺みたいな小僧の歯が立つような相手じゃなかったってことだね」

「そうかもしれないね」

函太郎が少し嬉しそうな声を出した。まるで榊の失敗を喜んでいるかのようだ。

今回ばかりは誰に笑われても仕方がない。

家に帰って今日のところは寝ることにしよう。

「今日はゆっくり休みな」

「その前に風呂に入るよ」

消沈したまま銭湯による。体を洗っているうちに耐え難いほど眠くなって、二階に上るとそのまま眠ってしまった。

目が覚めるともう昼になっている。

銭湯から出ると入口で佐助が待っていた。

「相変わらずだな。どうせなら昼でも食べるか」

「ご相伴にあずかります。旦那」

どうせなら蘭麺にしよう。

佐助を連れて店に入った。入った瞬間に榊の感覚に響くものがあった。麦湯を売っていた男たちは一人もいない。店の人間の顔ぶれが変わっていた。

「佐助、木戸番に行くぞ」

榊が木戸番に行くと粟太と小麦が困った顔で立っていた。

「どうした」

「函太郎さんがいないの」

「木戸番に誰もいないんだよ」

やられた。榊は直感した。みみずくの本命は今日だったのだ。岡っ引きたちが榊を信用しなくなるのを待って盗むつもりだったのだ。こうなってしまったら岡っ引きをもう一度集めるのは難しいだろう。

「佐助、秀ははまだ捕物に付き合ってくれるかな」

「あと百回でも平気ですよ」

「俺達だけで今夜は張る」

「へい」

今更他の岡っ引きは手を貸してくれないだろう。後は三人でやる。

「わかりました」

無茶でもやるしかない。

「旦那。無理でも少し寝た方がいいですよ。こういう時は体力が物を言うんです」

「分かった。しかし自宅では寝にくいな。どこで眠ればいい」

「出合茶屋がいいでしょう」

「しかし、あそこに入るには子供すぎる」

「あっしが一緒に入るから大丈夫ですよ。旦那なら恋人同士と言っても通じます」

「佐助と？」

「秀がいいですか？」

「そういう問題じゃない」

「お姉さんか蛍ちゃんを呼びますかい」

「佐助でいい」

いくらなんでも蛍と出合茶屋に入るわけにはいかない。姉の花織は危険すぎる。

結局一番安全なのは佐助だ。

「俺は何もしないぞ」

「何かするのが義務なわけじゃないですよ、旦那。飯も食えるし商談にも結構使われるんですよ。なかなか安全ですからね」

「そうか。考えすぎですまない」

「旦那の歳で使うような場所じゃないですからね。お姉さんにはバラさないことをお勧めしますよ。きっと行きたがるでしょうから」

たしかに花織が一番やっかいそうだった。

「そうだな。何を言われるかわかったもんじゃない。だがとりあえず体力を回復させることにしよう」

両国から近くて相手にも見つかりそうにないとなると末広町の出合茶屋がいいということだった。

「佐助は出合茶屋にも詳しいのか」

「自分で使うわけじゃないですよ。こんな仕事していると自然とそういう店には詳しくなっていくんですよ」

出合茶屋は茶屋というよりも民家のような雰囲気だった。友達の家に遊びに来ているというような様相で入れる。

思ったよりもずっと地味な建物だった。

「飯にしますか。それとも風呂で」

「両方もう済ませた。寝るよ」

「じゃああっしですか」

佐助は冗談を飛ばすと立ち上がった。

「あっしは少し酒を頼んできますよ。夜までは時間がありますからね」

佐助の言葉を聞きながら、榊は布団に潜り込んだ。ここ数日の疲れが相当に溜まっていたらしく、布団に潜り込むとすぐに眠りに落ちてしまった。

「旦那、そろそろ起きましょう」

目が覚めるともう暮れの七つになっていた。まるまる半日眠っていたことになる。

「ここなら何時でも飯が食えるんで、腹ごしらえをしましょう。と言っても大したものはないんですけどね」

佐助は、握り飯を差し出した。大ぶりのものが四つある。榊が起きた時のために用意していたらしい。

「きなこ棒はありません」

「わかってるよ」

大ぶりの梅干しが入った握り飯を食べる。握り飯は塩が効いていて、なかなかにおいしい。

「これを食べたら日本橋まで行きましょう」

茶屋を出ると、秀が待っていた。

「お伴します」

「すまないな。どうなるかわからないのに」

「魚っていうのは意外な時に針にかかるもんですよ」

日本橋に行って、沢村屋の近くで待つ。

夜の九つが近づいた頃、十人の人影が現れた。全員が柿染めの服を着ている。いかにも手慣れた盗賊という感じである。

真っ黒い衣装だと夜にかえって目立ってしまう。柿で染めた服が一番闇に溶け込む。だから盗賊の衣装は柿色と相場が決まっていた。

「十人か。三人でやれるかな」

「三人じゃないけどね」

不意に後ろから姉の声がした。

「姉さん？」

「榊、そんな男と昼間から出合茶屋ってどういうこと。不埒じゃない」

「本当よ、榊。ちょっとひどいわ」

花織の隣に蛍と、紅子もいた。

「わたくしだって付き合って差し上げたのに」

紅子がクスクスと笑う。

「突っ込むところはそこなんですか。それよりもなんで三人ともこんなところにいるんですか」

「捕物だから」

花織が指を鳴らすと、建物の陰から岡っ引きたちが出てきた。榊に愛想を尽かしたはずの者達である。

「どうしてここに」

「ある程度空振りするのは分かっていたのよ。榊の失敗を囮にして盗賊をおびき寄せたの」

「餌は俺だったんですか」

「ごめんね。でもどうしてもあいつらを捕まえたかったのよ」

「岡っ引きの人たちに不満はないわ。不満は全部わたくしが買い取りました」

紅子が艶やかに微笑んだ。金の力で岡っ引きを抑え込んだらしい。岡っ引きも商売だから確かに金になびくだろう。

「文句はあと。とにかく捕まえるわよ」

どこからともなく提灯を持った小者たちが集まってくる。

「最初の一言は榊が言いなさい。同心見習いだから言ってもいいのよ」

御用だ、という掛け声は同心は叫ばない。だが見習いは叫ぶ。榊は腹に力を込めると思いっきり叫んだ。

「御用だ」

その言葉を合図に岡っ引きたちが沢村家に飛び込んだ。盗賊たちは開かない錠前を前にあっけなく捕まった。

今回、榊が果たした最も大きい役割は囮であった。

★

「もしかして腹を立てているの。榊」

花織がからかうように言った。

「立てていませんよ。見習いで子供の俺には相応しい仕事だと思っています」

「やっぱりむくれているじゃない。お詫びにお風呂でも出合茶屋でも何でも付き合うって言ってるじゃないの」

「それは全然ご褒美になりませんよ」

「じゃどうすればご褒美になるの」

「いりません」

「仕方ないわね。じゃあこれをあげる」

花織が、きなこ棒をひとつかみ渡してくれた。

「何ですかこれは」

「だからご褒美よ」

確かにきなこ棒は好きだが、あまりどっさりあるとありがたみが薄れる。とはいえ褒美だというなら特別な味がするのかもしれない。

一口かじってみるといつものきなこ棒の味だった。もちろん美味しいが特別な味はどこにもない。

向こうから蛍が歩いてくるのが見えた。

「今日のところは二人でゆっくり遊んでらっしゃい。はい、小遣い」

花織が、榊に一分を握らせた。

「こんなに？」

「盗賊捕まえたんだからそれぐらいいいでしょう。これはお奉行様から出たお金だから気にしないで使っていいわよ」

「ありがとう姉さん」

姉の手のひらの上でいいように弄ばれただけのような気がするが、とにもかくにも役立ったことには違いない。

今のところはそれで満足しよう。何と言っても見習いなのだから。

榊は蛍に手を振り返すと、手の中の一分金を握りしめたのだった。


「おう。ご苦労だったな」

遠山が、相変わらず遊び人のような格好で榊の後ろに立った。

「相変わらず突然ですね」

「奉行なんて与力が優秀なら何やっててもいいんだよ。そんなことよりも今回の件は助かったぜ」

「あの一味はどうなるんですか」

「どうしたい」

「誰かを殺したわけでもないですから。盗まれた側はたまったものではないでしょうが、命は助けてやっていただきたいと存じます」

「まあ、なんだかんだ言っても他の盗賊を捕えるのには随分と力を貸してくれていたには違いないからな。お前だけじゃないんだよ、函太郎の世話になっていた連中はな」

「そうなんですか」

「ああ。盗賊ならではの勘働きってやつがあるんだろうな。だからみみずくを退治してしまうと鼠が増えて、かえって江戸の被害が増えるんじゃないかと思う」

「ではどうなるんですか」

「このまま木戸番を勤めてもらうさ。一味の者は遠島。草太郎は追放だな。王子とか中野あたりで暮らすといいだろう」

「ありがとうございます」

「こいつは奉行としての俺の判断さ。いずれにしても犯罪がなくなるわけじゃないからな。どうやって少なくするかが大切なのさ」

それから遠山は、どういったものか、という表情になった。まるで子供のようないたずらっぽい雰囲気である。

「それにしてもさ。お前の姉貴はなかなかだな。あれはたいした女になるよ」

「ありがとうございます」

「ありがとうなのか。姉貴をほめられて嬉しいのかい」

「姉ですから。世話にもなっています。なんだかおもちゃにされている気もしますけど、大切ですよ」

「そうか。まあ、姉はいないからわからねえけど、いい姉だと思うぜ」

「はい」

「それでな」

遠山は、懐から紙包みを出した。

「こいつでなにか美味いもので食いにいけ」

「ありがとうございます」

紙包みの中は小判だった。さすがに奉行だけあって太っ腹である。

「じゃあ、また活躍してくれよ」

遠山はそう言うと、ふらりと去っていった。普通に見るとどう見ても遊び人である。だが、ああやって江戸を守っているのだろう。

それにしてもこの金をどうしようと、榊へはあらためて紙包みを見つめた。

もちろん姉と使うのに否はない。ただ、どう言い出せば穏便に使えるのかが見当もつかなかった。

いずれにしてもおもちゃになるのだろう。

そして。

次の捜査もきっと口を出してくるに違いない。

2

くすん、と蛍がくしゃみをした。

まわりの視線が一斉に蛍に集まる。

朝の神田明神周りは人が多い。蛍は顔を赤くして下を向いた。

「そんなに大きな音だった？」

「蛍が可愛いから見物しただけだよ」

「あら。ありがとう」

蛍は嬉しそうな顔をした。

榊からすると、特にほめたわけではない。最近蛍は妙に綺麗になって、並んで歩いていると黙っていても目立つのである。

「そういえば、函太郎さんは木戸番に戻ったのよね」

「うん。密偵ということでおとがめなしだってさ」

「よかったわね」

「そうだな。なんだか、中途半端な刑罰にするのはややこしいらしいよ」

「そうなの？」

「重罪の裁可は老中だから。町奉行だと軽い罪しか裁けないんだってさ。だから思い切り軽い罪にした方がいいんだって」

言いながら足を少し速めた。

十月を過ぎて十一月に入ると、榊は少し気分が浮きたってくる。八日になるとみかんの日がやってくるからだ。

正しくはふいご祭りと言って鍛冶屋の祭りである。鍛冶屋に欠かせないふいごを清める祭りなのである。

その時に子供達にみかんを配る習慣があるので、子供からするとみかんの日という気持ちであった。

榊はもうみかんはもらえないが、なんとなく楽しくなるのだ。

冬に入って急速に寒くなるから、暖かい飲み物で体を温める必要がある。大人は熱燗でいいのだが子供にはなかなか大変だ。

「全く毎日寒くてやってられないな」

榊が言うと、となりを歩いていた蛍も頷く。

「まったくね。綿入れを着ないとやってられないわ」

「着てるのか」

「着てないわよ。着膨れするじゃない」

寒いと言いつつ平然とした表情で蛍は歩いていた。

蛍はどうやら寒さには強いらしい。

いつものように八丁堀から神田明神に向かって歩く。

「毎日榊と並んで歩くのも慣れてきたわ」

「慣れるもなにも、ずっとそうだろう」

子供のころからずっと並んで歩いているのに、なにをいまさら、と思う。

「ずっと同じわたしじゃないのよ」

蛍はふん、と鼻を鳴らすと、少し先の甘酒屋を指さした。

「あれを飲みましょう」

冬場の甘酒は夏とは風情が違う。冬の寒さをしのぐために生姜が多めに入っていて、体が温まるようになっていた。

とろりとした甘酒の甘さが体にしみる。

「美味しいな」

榊が言うと、蛍も頷いた。

「花織さんをほっといて、わたしと歩いてて怒られないの」

「俺が誰と歩こうと勝手じゃないか」

「へえ。誰とでもこうやって歩くのね」

「え。それはそうだろう」

「そうね。そういうものよね」

「なにか悪いこと言ったか？」

「いいえ。あ、恋人がきたわよ」

向こうから小者の佐助が早足で歩いてくる。

「佐助は恋人ではない」

「ふうん。でも昼間から出逢い茶屋でいちゃいちゃしてたんでしょ」

「してないよ。姉さんもだけど蛍も引っ張りすぎだと思うぞ」

「引っ張られる榊が悪いんだけどね」

「俺のせいなのか」

反論するよりも早く佐助がやってきた。

「すいません。旦那。遅くなりました」

「気にするな。それよりも頼んでいたことは分かったのか」

「へえ。旦那の思った通りです」

「やっぱりか。困ったもんだな。どうしよう」

「そうは言ってもなかなか取り締まるのは難しいんじゃないですかね」

「しかし悪事には違いないからな」

「なになに。なんの話をしてるの」

後ろから、からかうような声がした。

振り向くと、花織がにこにこしながら立っていた。ほとんど気配も感じさせないのにどうやって後ろに立つのだろう、と不思議になる。

「出たな」

「なにが出たよ。幽霊みたいに言わないで」

「姉さんには関係ないから。本当に関係ないから」

「わたしが関係ないとすると。恋？」

「事件ですよ。事件」

「じゃあ関係あるんじゃないの」

花織がにやりとする。

「今度は自分で解決します」

「なかなか大口を叩くじゃないの」

花織がじろり、と榊を睨んだ。

「事件を解決するためにいるのですから」

「それで何の事件を追っかけてるの」

こうなってしまったら満足するまで絶対後ろにひかない。榊は諦めて今追いかけている事件を話すことにした。

「追いかけているのは菓子屋です」

「お菓子は何か問題になるの」

「美味しくて高いんだそうです」

「いい材料を使えば高くなるし、なにか問題になるのかしら」

「奢侈禁止ですよ」

「ああ。あれね」

花織はばかばかしい、という表情になった。

「それでお菓子屋を捕まえるの」

「内々に言い含めてしばらく営業を辞めさせるようにするんだよ」

「そんなの普通に通達すればいいじゃない」

「肝心の菓子屋が見つからないんですよ。噂だけなんです」

「どういうこと」

「どこかに奢侈に引っかかるような幻の菓子を作る店があって、大変けしからんというお達しなのだそうです」

「ああ。まんじゅうこわいってやつね。それはなかなか厄介な事件に巻き込まれたわね」

花織は何やら納得したらしい。

「なにが厄介なんですか」

「ここでは話せないわ。大切な話だから出合茶屋にでも行きましょう」

「つまらないことを言わないでここで話してください」

「奢侈禁止なんて、頭の固いじいさんたちが勝手に言ってるだけのものなんだけどね。そのじいさんたちは大変な見栄っ張りなのよ。禁止と言いつつ自分たちだけはいいものを知っているって言いたいわけ。幻の菓子なんてその最たるものじゃない。ひそかに見つけて自分の茶会か何かに菓子を作らせたいんでしょ」

「そんなくだらないことのために奉行所を使ったりするんですか」

「もちろんよ。榊は知らないの。奉行所の仕事の半分は贅沢の取り締まりと戯作本の取り締まり。それから岡場所の取り締まりじゃない。凶悪犯罪は火盗改に任せちゃって、贅沢の取り締まりに血道をあげてるわ」

「そんな印象はなかったですが」

「遠山金四郎様は贅沢の取り締まりが嫌いで、南町奉行はあまりやっていないからね。その代わり北町奉行は贅沢の取り締まりは多いわよ」

「それなら北町にご下命された方が良かった気がします」

「それをわざわざ南町に言ったというところがまんじゅうこわいなのよ。じいさんたちに美味しい菓子を食べさせれば解決するわ」

とはいっても、それはまさに雲をつかむような話である。そもそも普段番太郎菓子ばかり食べている榊には、高級な菓子の味など分かりもしない。

「高級な菓子など食べたこともありません」

榊が言うと、花織はふふん、という表情になった。

「言うことがあるでしょう。榊」

「お願いします。姉さん」

「よろしい」

花織が頷く。花織の親友の小町屋紅子ならどんな贅沢な菓子であろうと手配することができるだろう。

つまり、姉の手を借りない限りこの事件は解決しないということだ。

「紅子さんだけお借りするってことはできないですかね」

「なにそれ。言い方がいやらしいわね。紅子になにをする気」

「なにもするわけないでしょう」

「紅子とわたしは一対なんだから、分けて榊と行動することはできない」

「ですよね」

それにしても贅沢を取り締まるために同心見習いをやりたいわけではない。と言っても任務であれば致し方ないところだろう。

「それで佐助。どうだった」

榊は佐助の方を向いた。

「幻の菓子ってやつは店ではなくて茶会にひそかに届けられる性質のものですね。料理茶屋に届けられてます」

「台屋か」

「そうですね」

「それはなかなか絶望的だな」

台屋というのは、料理屋に運ぶ料理を作る仕出し屋のことだ。台の上に料理をのせて運ぶから台屋と呼ばれる。一般的に芸者を呼ぶような店は厨房を持たない。

昨今は厨房を持つ料理屋も増えてはきたが、元々料理は運ばせるものである。それだけに無数にあるし、菓子となると、誰が作ったのか突き止めるのも難しい。

とりあえず実際にその菓子を食べてみない限りは話にもならない。

「どこで食べればいいのかな」

「割と多いのは柳橋ですね」

「これは俺には無理だな。諦めよう」

榊は今回は諦めることにした。

柳橋というのは江戸で一番の芸者街である。百人に及ぶ芸者を抱えている花街であった。榊のような子供が足を踏み入れられる場所ではない。

おまけにそんなことになったら花織が介入しないわけがない。

「柳橋で遊ぶの」

花織が目を輝かせた。

「別に遊ぶ必要ないと思うんですけれど」

「あるわ。ある。そうじゃないと菓子を特定できないのでしょう」

「そんなことも……」

「あるわね」

この歳でもう芸者遊びを体験するとは。しかも榊の予想では十中十まで本物の芸者ではなくて花織と紅子が芸者をつとめるに違いない。もしかしたら蛍も加わるかもしれない。

吉原の芸者は芸に関してはかなり厳しくて、素人が芸者の真似事をするようなことはなかなか難しい。

しかし柳橋や新橋はもう少しゆるい。もちろんきちんとした芸者も多いが、客が望むならお酌をするだけというような女性もいる。言ってしまえば顔が良ければ何でもいいと言う客が一定数いるということだ。

今回の場合、金は紅子が出すのだろうからやりたい放題と言ってもいい。

それにしても、台屋で簡単に頼めるなら素性を洗うのも難しくはないだろう。つまり何らかの条件を満たさないと注文すらできないということに違いない。

とりあえず柳橋に行ってみて謎を解くしかなさそうだった。

「わかりました。柳橋で遊びます」

「よろしい」

蛍の方を見ると、蛍も当然のような顔で微笑んだ。

「わたしも行くから」

「わかってるよ」

榊は心からため息をついたのだった。

★

台所で花織が食事を作っている音がする。普段は出かけているので家で昼を食べることはあまりない。

しかし、今日は夕刻に柳橋に行くということで昼も家にいた。

昼に家にいるとなんとなく落ち着かない。しかも今日は蛍も一緒に家にいた。

「お姉さんて料理も上手なのよね」

「うん。姉さんは大抵のことはうまくやるからね」

「お嫁さんに苦労させるわね。榊は」

「なんで」

「できすぎた姉と比べられたら大変じゃない」

「そんなことはしないよ」

言っているうちに花織が料理を運んできた。

蒸したうなぎがある。それから、かぼちゃと小豆を煮たもの。それに大根の薄切りであった。さらに味噌汁がある。具は豆腐であった。

「随分ごちそうですね」

「これから遊ぶんだから精をつけなさい」

うなぎは蒸しただけでタレはついていない。その代わりに酢醤油と辛子が添えてあった。ふっくらと蒸されたうなぎは、酢醤油と相性がいい。

口の中に入れると、うなぎの身そのものの味わいが舌の上に広がって、それから身がほろほろと崩れていって、喉の奥へと転がり落ちていく。

酢と辛子がうなぎの甘味を引き立てる。

ついつい飯が進んでしまう味だった。かぼちゃと小豆は濃いめの鰹の出汁で煮てある。薬研堀《やげんぼり》がかかっていて、ピリリと辛い仕上がりになっていた。

大根の薄切りは一塩したものに軽く酢がかかっている。辛子も添えてあって、味の基本はうなぎと同じものだ。ただし、うなぎが甘味が引き立っているのとは対照的に大根は辛みが引き立つようになっていた。

「これは美味しいわね。わたしも作ってみたいわ」

蛍が感心したように言った。

「本当に美味しいね」

毎日姉の料理を食べている榊でも、料理の美味しさに驚くことは珍しくない。一体どこから料理の知識を仕入れてくるのだろうと思う。

「食べ終わったら着替えてね」

「着替え?」

「芸者を上げて遊ぶんだから、相応しい格好というものがあるでしょう」

花織が用意していたのは、浅葱色《あさぎいろ》の上田縞《うえだじま》の着物であった。

「これって凄く高いのではないですか」

着物に詳しくない榊でもそう感じられるほど、高そうな着物だった。

「これは上田縞って言って、裕福な商人が好むものよ。使用人は着られなくて主人とか若旦那が着る服なの。今日のあなたは小町屋の若旦那ってところね」

「それは無茶じゃないですか」

「お金は紅子の方が持っているけど、あなたの方が格上なんだから堂々としていればいいのよ。一応武士なんだからね」

武士といっても、下級武士の榊などはとても格上と言えるようなものではない。かといって卑屈になっても仕方がない。そもそも武士は金を得るために生きているわけではないのだから、財力の部分では商人に勝てるはずはないのだ。

「では着替えて」

「ここでですか」

「そうよ」

「部屋で着替えます」

姉に愛されているのはわかるがいくらなんでも少々恥ずかしい。

それにしても奢侈禁止というのは幕府の勝手な都合でしかない。武士に金が無いから商人を抑えつけているように見える。

服を着替えて花織たちのところに戻ると、二人揃って興味深そうな表情になった。

「思ったよりずっと似合うのね」

蛍が言う。

「思った通りよく似合ってるわ」

花織も言った。

「ありがとう」

八丁堀から柳橋は近い。女の足でも半刻かからない。だから今日のところは時間はたっぷりとあった。

かといってこの格好でふらふらと歩くわけにもいかないだろう。

「もう少ししたら紅子が来る。とりあえずお風呂に入りなさい」

「わかりました」

同心の家には風呂がある。いつも銭湯に行くのは、出先で入る方が安い上に、埃っぽい体をきれいにするためだ。もちろん銭湯での噂を仕入れるという意味もある。

家で風呂を沸かすのは重労働だから、自分たちではしない。風呂を沸かすための女中がいるのである。

「一緒には入りませんよ」

あらかじめ釘を刺してから風呂場に行った。

さっと体を流して風呂から出る。先ほどまでの着物は外出のためのものだから自宅用の簡素な着物に着替えた。

入れ替えに蛍が入ってくる。

「わたしも使わせてもらうわ」

居間に戻ると、もう紅子がやってきていた。

「いらっしゃい」

挨拶すると、紅子は楽しげに笑った。

「今日はよろしくね」

「そんな言い方するってことは紅子さんも芸者をやるんですね」

「遊女がいいの？　わたくしはそれでもかまわないけど」

「からかわないでください」

友達の弟というのは、男ではなくてなにか飼い犬のようなものらしい。いや、動くおもちゃというのが正しい。

「ところで、紅子さんは幻のお菓子についてなにか知っているんですか」

「卵を使っているらしいのよ。噂にはなっているんだけどわたくしもまだ食べたことはないの。こんな機会はなかなかないからご一緒するわ」

「こんな回りくどい手を使う必要なんてないんじゃないですか」

「あるわ。柳橋の台屋というなら、きっと偏屈なお店だろうから。正面から行っても作ってくれないのではないかと思うわ」

「柳橋だから偏屈ってことはないでしょう」

「あるわよ」

紅子がきっぱりと言う。

「柳橋っていうのはね、絶対に客が入りそうな日になるとわざわざ休んでしまうような場所なのよ。そのくらい矜持があるの。だから金で無理やりなんてことをしたらへそを曲げてしまうわけ」

「それを言ったら今回だって金の力で芸者として潜り込むんでしょう」

「お金じゃないわ。紅の力よ。うちは紅花問屋だからね。美しくなりたいという女の欲望につけ込んでうまく付き合ってるわけ」

「悪役の科白ですよ」

「すごくうまくやってる人間の科白だから」

紅子は榊の言葉を意に介していないようだった。それにしても忙しくなりそうになったら店を閉めてしまうというのは確かに偏屈そうだった。

「一体どうやって幻のお菓子を食べるんですか」

「そこは、榊君の性格の悪さを利用するのよ」

「なんですか。それ」

言い返して、はっと気が付く。

なるほど、と思う。性格の悪い若旦那が、「この程度のものしか出せないなら柳橋もたかが知れてるな」と言って、勝負心をあおるという方法なのかもしれない。

「性格が悪いのは紅子さんの方なんじゃないですか」

「あら、わたくしの考えがわかったの？」

「相手の出すお菓子にケチをつけて、幻のお菓子を引っ張り出すつもりなのではないですか」

「よく分かったね。でも、こんな単純な理屈が分からないようでは同心見習いなんてやるだけ無駄ですものね」

笑顔のまま、はっきりと言われて榊は黙った。結局前回の事件では榊は姉の手のひらの上から出ることはできなかった。

紅子からすれば、榊の捕物の手助けなど子供の遊びを手伝うようなものなのだろう。

「確かに俺はまだ子供ですけど、紅子さんを見返すくらいの働きをしてみせますよ」

「頼もしいわね。好きになっちゃいそうよ」

そう言うと紅子は声を立てて笑った。

それにしても、幻の菓子というのがどうも理屈に合わない。菓子職人は自分の腕をほこりたいものだ。だから本当に幻にしたいわけがない。

にもかかわらず幻になってしまうというのは、それだけの理由があるのではないかと思われた。

つまり、作った瞬間に食べてしまわないといけないような、まるで長持ちのしないお菓子なのではないか。

そうは言ってもそれはどんなものなのかまるで見当もつかない。結局は行って食べてみるしかないだろう。

「では先に行ってるからちゃんと指名してね。柳橋の亀垣という料理茶屋だから。もう店に約束は入れてあるから。一人で来れば大丈夫よ」

「一人ですね。わかりました」

やれやれ、と榊は思う。一人というのには意味がある。榊の年齢の若旦那が一人で外出するなどということはありえない。手代なり下男なり、必ず伴がついて歩く。そもそも自分で金を払うなどということもない。下男に払わせるものだ。

それをあえて一人というからには、大人の遊びを体験したいこしゃくな子供を演じろということだろう。

三人が出かけるのと入れ違いに佐助がやってきた。

「こんにちは。榊の旦那」

「佐助か。悪いが今日は同心見習いではなく若旦那の役回りなんだ」

「それならなおのこと小者がいないと格好がつきませんよ」

「そういうものかな。でもお忍びらしいよ」

「本当に一人でお忍びで行くには若すぎます。因果を含めた小者を連れて行くのが当たり前です。店の中まで入らないにしても、表までは一緒に行くもんでしょう。店の中にもちゃんと控え室がありますからお邪魔にはなりませんよ」

「そうか。では頼む」

正直佐助が来てくれるとありがたい。そもそも今回の事件には全く気合が入らない。盗賊というならともかくお菓子を作るのが悪いと言われてもピンとこないのだ。

「佐助は奢侈禁止っていうのはどう思うの」

「くだらないことですけどね。武家からすると仕方ないかもしれませんね。江戸っていうのは質実剛健を謳ってますから。あまり贅沢をしていると気分が悪いんでしょう」

佐助はあまり疑問を持っていないようだった。

「岡っ引きは関係あるのか？」

「すごくありますよ。岡っ引きっていうのはゆすりやたかりで生活しますから。言いがかりを付けられる所には何にでも付けます。絹を着てけしからんから金をよこせ、なんて日常茶飯事です」

「それじゃあ悪いやつじゃないか」

「もちろんですよ。岡っ引きは悪党です。そもそもですね、悪党じゃなければ悪党の気持ちなんか分かりませんよ。悪党と付き合ってる悪党だからうまく事件を解決できるんですよ」

「秀も悪党なのか」

「あいつは極めつけですよ。江戸広しといえどもあんな悪党はいないでしょう。ただそいつが何かの拍子に改心して岡っ引きになるって事もあるんですよ」

「悪党なら裁きを受けるべきではないのか」

「表向きはそうですけどね。あのぐらいひでえ悪党なら改心してくれるに越したことはないんですよ。悪党で悪党を退治するのが奉行所の方針ですからね」

「それなら俺に付くのは間違っているんじゃないのか」

「あんまり悪党過ぎてみんな怯えて使えないんですよ。旦那はあいつのことよく知らないから使えるだけです」

秀は物腰も柔らかいしとても悪党には見えない。

「佐助も悪党だったりするのかい」

「もう足は洗ってますけどね。悪党という意味では秀にも引けを取りません。ただ岡っ引きが性に合わないんでね。小者をやってます」

佐助が楽しそうに笑った。

榊が知らないだけで、どうやら江戸でも有名な悪党二人に守られているらしい。

「姉さんは二人が悪党だということを知っているのか」

「もちろんご存じです。むしろ知っているからこそ榊の旦那につけたのですよ」

一体どういう考えで姉は榊に二人をつけたのだろう。それにしても話してる限り全く悪党には見えない。

「いずれにしても幻の菓子屋を見つけるのは自分でやるしかなさそうだな」

「甘味を探すのには向きません」

話しているうちに柳橋の料理茶屋「亀垣」に着いた。中に入ると最初に広い応接間がある。佐助は控え室の方に行ってしまって、後には榊だけが残った。

下足番に案内されて応接間に入ると、座布団の上にあぐらをかいた。

応接間の向こうに個室が並んでいるのが見える。しばらくすると案内の下男が来て、奥にある部屋に通された。

二十畳ほどの部屋である。

さらにしばらくして、襖が静かに開いた。

「こんばんは。ごめんください」

声がして、花織と紅子、蛍の三人が入ってきた。

蛍は三味線を抱えていて、どうやら二人のおつきという体である。

花織と紅子はすました顔で、まるで知らない人間に対するようであった。

「こちら随分お若いのに、亀垣なんて分かってらっしゃるわね」

花織が丁寧に両手をついた。

「花吉です。よろしくお願いします」

「紅多です。よろしくお願いします」

「蛍です。よろしくお願いします」

蛍だけ名前が変わっていないのは半人前ということなのだろう。遊女の名前は源氏名と言う。源氏物語に出てくる女性の名前を名乗るから源氏名。それに対して芸者は権兵衛名と言うらしい。こちらは男名前を名乗るのが習慣だ。

挨拶されたものの、榊は作法も何も分からない。その上酒も飲めない。芸者を呼ぶには最も適さないと言えるだろう。

紅子が三味線を弾き始めた。なかなか見事な手並みである。花織が、水の入った徳利を持って隣に座ってきた。

「お酒じゃなくて残念ですね。主様」

主様、ということは初見だということである。芸者も遊女も初対面の相手は主様と呼ぶ。相手の名前をしっかりと呼ぶようになるのは三度目である。

わざわざ主様と呼ぶからには榊と初対面である必要があるのだろう。だとすると榊も乗っておくしかない。

「こんな美人のお酌なら、水であったとしても天上の味わいと言えるね」

「お上手ですわね」

言いながら花織が体を寄せてくる。着物に香を焚きしめてあるらしく、なんとも言えない甘い香りがする。

弟を相手に遊びがすぎる。と思った時、花織の手に手紙が握られているのが見えた。手紙には「見られている」と書いてある。

どうやら、この部屋の様子を窺っているものがいるらしい。

だとすると、しばらくは姉とイチャイチャするしかなさそうだ。蛍では不自然だし、紅子では危なすぎる。

しばらく花織の酌で水を飲んでいると、ふすまが開いて料理が運ばれてきた。

「遅いじゃないの」

花織が文句を言う。

「時間通りですよ。遅くはないと思います」

運んできた男が入った。脚のついた台にのせられた料理が人数分運ばれてくる。

台は三つあって、それぞれ料理が盛ってある。

前菜と、魚と、飯である。順番に出てくるのではなく、一度に置かれた。

「ご苦労様」

花織が心付けを渡すと、男はさっさと出て行った。

「これは何ですか」

「今日の夕食よ」

「それはわかりますよ。どんな料理なのですか、と聞いたのです」

「今来たのは台屋と言うのよ。柳橋の料理茶屋のほとんどは、中に厨房を持っていないのよ。台屋という仕出し屋が作って運んでくるの」

花織は、飯の乗っている台を点検するとため息をついた。

「これは幻のお菓子じゃないわね」

飯の台に、羊羹が載っている。ただし小豆色ではなくてみかん色の羊羹だ。どうやらみかんの果汁を固めて作ったものらしい。

「珍しいですね。幻の菓子でもおかしくないでしょう」

「これではないわ。もっと儚いものだって聞いているの。これは美味しいかもしれないけど儚くはないでしょう」

「そういうものですか」

言われればその通りだが、榊にとっては番太郎菓子以上、というくらいだ。

「まあいいわ。食べましょう」

三つの膳の中では、魚の膳が一番目立つ。赤くて大きな煮魚が載っていた。正直言って他の二つの膳は添え物にしか見えない。

「これは即席料理だから。その煮魚以外は添え物なのよ」

「そうなのですか」

「格式ばった料理じゃなくて、手軽に美味しい魚を食べるのが即席料理なのよ」

煮魚に箸をつける。口に入れると柔らかい身の食感とともに、旨味が口の中いっぱいに広がる。醬油と砂糖、そして生姜で煮ただけなのに魚の旨味が引き出されている。

このまま全部平らげてしまいたくなる味だった。

いつか思い切り食べてみたい。そう思いながら箸を置いて、蛍に目配せをした。

蛍が立ち上がって店の人間を呼んでくる。

「この膳を下げてくれ」

榊が言うと店の人間が納得いかないという顔をした。

「料理に何か問題がありましたか」

「非常においしかった。もう下げていい」

下男は言われた通り料理を下げる。

しばらくして店の主人がやってきた。

「手前どもの料理に不備があったと聞いたのですが」

「全くない。素晴らしい料理だった」

「ではなぜ手をつけられなかったのですか」

「ここで満腹になっては他の茶屋の料理が食べられないだろう。ここには自分が楽しみに来たわけではないのだ。さるお方を接待するのに特別な料理が欲しかった。甘味が好きなお方でな。特別なものを食べられるかと思ったが、ただ美味いだけだった」

「特別といいますと」

「それを客が言うようなものではあるまい。お手前の落ち度ではない。迂闊にこの店に足を踏み入れたこちらの落ち度だ。許してほしい」

榊に言われて店の主人の顔色が変わった。それはそうだろう。単純に貶されたのではない。この店を選んだ自分の落ち度だというのは最高の侮辱であった。

「なるほど。おっしゃることは分かりました。しかし、特別と言うからには少々値が張ります。いくら大店の方でも、お客様の年齢では少々厳しいかと存じます」

「これでどうだ」

榊は懐から切り餅を取り出すと目の前に置いた。

「これにふさわしい料理はできないものか」

切り餅というのは二十五両のことだ。例えば八百善のような江戸一番の料亭であったとしてもせいぜいが十両。切り餅一つの料理など、どんな料亭でもありはしない。

「ここには厨房がないのであろう。仕出しでは限界がある。無理はしない方が店の名前に傷がつかないと思う」

榊は店の主人に同情するような声を出した。

しかし、いくらなんでもめちゃくちゃだと思う。榊の給金が一年間で三両。八年分の給金に当たる金額をただの一度の食事で使うなどありえない。

奢侈禁止という法律の意味が少しわかった気がする。金のない武家からすると、あって当然の法律だという気分になる。

そこまで考えて、そんなことを考える自分が小さい人間のような気がした。自分がきなこ棒しか食べられないとしても、他人が食べるものを羨むことはあってはならない。

相手にも無礼だし、きなこ棒にも無礼だろう。

「わかりました。ご用意しましょう。ただし、その特別な接待というものにうちの店を使っていただけるなら」

「いいだろう。納得したらここで接待しようじゃないか」

榊は高飛車に言った。

「ではしばらくお待ちください。準備して参ります」

店の主人は、意を決したように出て行った。

少しして戻ってくると、握り飯と味噌汁を置いていく。

「待ってる間お腹がすくでしょう。これを食べてお待ちください」

これはまた、一転して粗末な料理が出てきた。店主の怒りを買ってしまったのかもしれない。

榊としては少々心外であった。

他の三人は、榊がつっかえした料理をしっかり平らげて満足そうだった。自分が一方的に貧乏くじを引いたような気になる。

しかし、店の中では迂闊なことは言えない。あくまで榊は高飛車な客でなければならないのである。

握り飯を口に入れると、何とも言えない旨味が口の中に広がった。

ホタテ貝の味がする。具はどこにも入っていない。どうやらホタテ貝の出汁で炊いた飯を使って握り飯を作ったらしい。

色がつかないように醤油ではなく塩を使ってある。

単なる握り飯でもこれだけ気を遣っていますよ、という意地が感じられた。

味噌汁はやはり具が入っていなくて味噌が溶けているだけに見える。口の中に入れると今度は蟹の味が広がった。どうやらサワガニで出汁をとったらしい。

姿は全く見せないが、旨味だけ汁の中に詰め込んだというわけだ。

しかし、これは仕出し屋にはできない料理だ。何と言っても両方温かい。ということは特別な客に向けての厨房を持っているということでもある。

出し惜しみをされていたということだ。

やれやれ、と思うが一見の子供を相手にするのだから当然の対応とも言えた。常連客と同じ対応を初回で求めるのがどうかしているのだ。

しばらくして主人が戻ってきた。

「お待たせしました。うちの握り飯はどうでしたか」

「こちらの方が先ほどの料理よりよほど贅沢で特別な感じがするな」

榊が言うと、店の主人がニヤリとした。

「お客様が贅沢にできているのですよ」

そう言ってから、盆の上の菓子を差し出した。

「この部屋の方全員分あります」

盆の上に載っていたのは、薄焼きの生地を筒状に巻いたものであった。

口に入れると、みかんの汁が口の中に弾けた。単なるみかんではない。砂糖につけて甘味をましていた。

みかんは甘いと言っても酸味の方がずっと強い。甘さが三で酸味が七というところだ。しかしこの菓子のみかんは甘さの方が八というところだ。砂糖で甘味を補っていてもしっかりと酸味は残っている。

薄焼きの皮はパリパリとしていて饅頭の皮のようなものとは少し違っていた。かといってせんべいとも違う。不思議な食感だった。

「変わった食感ですね」

「これはもち米で作った皮です。まだ流行っているものではありませんからな。そのうち流行るかもしれませんがまだ内緒のものです」

「名前はあるのか」

「我々は最中と呼んでおりますがこの名前で流行るのかどうかは分かりませんな」

「大変美味しい」

「ありがとうございます。しかしこの最中というものは水に弱いのです。みかんなど入れてしまうとすぐに美味しさが失われてしまいます。瞬きするほどの間とは言いませんが、少し話し込んだだけでももうだめなのです」

「確かにこれは美味しい時間が短そうね」

花織が言う。

「でもうちの茶会にも使いたいぐらいだわ」

紅子が言った。

「ところでそろそろこの方の正体を教えていただけませんか」

店主が榊の方に目をやった。

「どういうことですか」

「名だたる小町屋のお嬢さんが、もしかしたら将来結婚するかもしれないという大商人のご子息ともなれば気になって仕方がありません。床下に店のものを忍ばせもしたのですが正体を明かすことは何もおっしゃいません。意地悪はやめていただきたいものです」

「そういう関係なら、素直に紅子さんがお菓子を頼めば良かったのではないですか」

思わず紅子に言った。

「それが、わたくしの頼みでも全然出してくれないのよ」

紅子が言うと、店主は堂々と胸を張った。

「このお菓子は私が出そうと思った客にしか出しません。金を積まれたから出しましょうというお菓子ではないのです」

「榊君のなにかが気に入ったのね」

「なんと申し上げていいのか分かりませんが、この方はまっすぐな気配を持っています。こんな世の中ですから、誰もが多少は汚れているものですが、この方からは汚れた気配を感じません。よほど良い家で育たれたのでしょう」

とても貧乏な同心の家で育ったとは言えないような雰囲気だった。

といってもまっすぐと言われてその直後に嘘をつくわけにもいかないだろう。榊はあきらめて正直に言うことにした。

「貧乏な同心の家の育ちです。今は同心見習いをやっています。今回は奢侈に当たるお菓子が出ているのではないかという捜査に来たのです」

「騙されたのですか」

「すいません。しかしご安心ください。この菓子はおいしいですが、平凡なもので作ってありますから贅沢には当たらないでしょう。ただ職人さんの腕が良いだけですから」

「榊君ならそう言うと思ったわ」

紅子が楽しそうに言った。

「そう言っていただけると助かります。それにしても同心見習いとは驚きました」

「頼りないですからね」

「そんなことではありませんよ。紅子お嬢様は大変男にやかましくて、たとえ冗談でも夫婦になるなどと口に出すお方ではありません。榊様は大変なお方だと思います」

榊が紅子の方を見ると、紅子はにっこりと微笑んだ。

「花織と本当の姉妹になりたいからね」

これか、と榊がため息をついた。

一体いつまで姉とその友達のおもちゃでいることになるのだろう。早く一人前の男にならなければいつまでもおもちゃだ。そうは言っても目の前の二人が嫌いなわけでもない。

ふと視線を感じた。蛍が無表情に榊の方を見ている。

何もやましいことはないのになんとなく蛍の視線が怖くて。榊は横を向いてしまったのであった。


「親父、きなこ棒を四本くれ」

いままで通り函太郎が木戸にいる。

「旦那、うちはきなこ棒以外にもたくさん仕入れてるんですよ。いつもきなこ棒じゃ他の商品が泣いてしまいます」

なにごともなかったかのように函太郎が受け答えをした。

「分かった。今度は別のものを買ってみよう」

言いながらきなこ棒を口に入れる。

「本当に芸がないわよね」

蛍が横から口を挟んだ。

「そう言うなよ。きなこ棒には義理を感じるんだ」

「全く言ってる意味がわからないわね」

蛍が肩をすくめる。

「旦那、お待たせしました」

佐助がやってくる。

「では今日も江戸の町をふらふらすることにしようか。同心見習いと謎の手下たちとして頑張ろう」

この作品は書き下ろしです。

捕り物に姉が口を出してきます

神楽坂淳

2020年10月5日　第1刷発行

発行者　千葉 均
発行所　株式会社ポプラ社
〒102-8519　東京都千代田区麹町4-2-6
電話　03-5877-8109(営業)　03-5877-8112(編集)
ホームページ　www.poplar.co.jp
フォーマットデザイン　bookwall
校正・組版　株式会社鷗来堂
印刷・製本　中央精版印刷株式会社

N.D.C.913/214p/15cm　ISBN978-4-591-16647-5

落丁・乱丁本はお取り替えいたします。小社宛にご連絡ください。
電話番号　0120-666-553
受付時間は月～金曜日、9時～17時です(祝日・休日は除く)。

P8101402

ポプラ文庫好評既刊

失せ物屋お百

廣嶋玲子

「化け物長屋」に住むお百の左目は、人には見えないものを見る不思議な力を持つ。お百はその目を使っていわく付きの捜し物を行う「失せ物屋」を営むが、そこに化け狸の焦茶丸が転がりこんできて――。忘れた記憶、幽霊が落とした簪。奇妙な依頼に隠れた江戸の因果を、お百と焦茶丸が見つけ出す。

ポプラ文庫好評既刊

けものよろず診療お助け録

澤見彰

同心の娘・亥乃が出会ったのは、比野勘八と名乗る青年。挙動が怪しいが、亥乃が抱えるウサギの不調を見抜き、手当の方法を伝えてくれた。勘八は薩摩藩の武士だが、前島津公が集めた様々な動物が暮らす「蓬山園」を管理しており、動物の知識は藩邸一だという。勘八の下には不調を抱えた動物たちが連れてこられるが、その裏には色んな事件が隠れており……。もふもふ多め、心温まるお江戸の動物事件簿！

ポプラ文庫好評既刊

臆病同心もののけ退治

田中啓文

北町奉行所に勤める同心・逆勢華彦は、剣の腕はたつが、生来の臆病。その臆病がわざわいして捕り物でしくじり、尾田仏馬の組――通称「オダブツ組」に組替えとなってしまった。意気消沈して出仕した華彦を待ち受けていたのは、オダブツ組の意外な仕事――江戸の町に現れる魑魅魍魎を見つけ出し、吟味し、退治すること――だった。伊賀のくノ一、落語家、力士、人の心が読める子供……一筋縄ではいかないオダブツ組の仲間とともに、華彦は江戸の怪異に立ち向かう。

ポプラ文庫好評既刊

八幡宮のかまいたち
江戸南町奉行・あやかし同心犯科帳

永山涼太

「とりもちの栄次郎」の異名を持ち、事件解決の腕にかけては江戸じゅうで右に出る者のいない孤高の同心・望月栄次郎と、名奉行の三男で直心影流の使い手・筒井十兵衛のコンビが、「永代橋のたもとに弁慶の亡霊が出る」「八幡宮でかまいたちに切りつけられた」といった庶民を震え上がらせる不可思議な事件の解決に乗り出すことに。気鋭の若手時代小説作家による新感覚時代小説！

ポプラ文庫好評既刊

浜風屋菓子話

日乃出が走る〈一〉新装版

中島久枝

老舗和菓子屋のひとり娘・日乃出は、亡き父が遺した掛け軸をとりかえすため、「百日で百両、菓子を作って稼ぐ」という無謀な勝負に挑む。しかし、連れられたのは、客が誰も来ない寂れた菓子屋・浜風屋。仁王のような勝次と、女形のような純也が働くが、二人とも菓子作りの腕はからっきしで——。はたして日乃出は奇跡を起こせるのか？　いつもひたむきな日乃出の姿に心温まる人情シリーズ第一弾！

ポプラ文庫好評既刊

お宿如月庵へようこそ
湯島天神坂

中島久枝

時は江戸。火事で姉と離れ離れになった少女・梅乃が身を寄せることになったのは、お宿・如月庵。如月庵は上野広小路から湯島天神に至る坂の途中にあり、知る人ぞ知る小さな宿だが、もてなしは最高。梅乃は部屋係として働き始めるが、訪れるお客は、何かを抱えたワケアリの人ばかり。おまけに奉公人達もワケアリばかりで……。個性豊かな面々に囲まれながら、梅乃のもてなしはお客の心に届くのか？　そして、行方不明の姉と再会は叶うのか？

ポプラ文庫好評既刊

夏空白花

須賀しのぶ

1945年夏、敗戦翌日。昨日までの正義が否定され、誰もが呆然とする中、朝日新聞社に乗り込んできた男がいた。全てを失った今こそ、未来を担う若者の心のために、戦争で失われていた「高校野球大会」を復活させなければいけない、と言う。記者の神住は、人々の熱い想いと祈りに触れ、全国を奔走するが、そこに立ちふさがったのは、高校野球に理解を示さぬGHQの強固な拒絶だった……。